거절을 믿듯 선의 또한 믿으며

거절을 믿듯 선의 또한 믿으며

거절을 믿듯 선의 또한 믿으며

거절을 믿듯 선의 또한 믿으며

거절을 믿듯 선의 또한 믿으며

맺음이 필요했다
믿음을 구했다
시절을 피했다

도착하려던 곳이 여기는 아니었다

아직
휘파람은 멀어서
쎔쎔

2024년 6월 김학윤

거절을 믿듯

거절을 믿듯

거절을 믿듯

거절을 믿듯

거절을 믿듯

거절을 믿듯

거절을 믿듯

거절을 믿듯

또한 믿으며

또한 믿으며

또한 믿으며

또한 믿으며

또한 믿으며

또한 믿으며

또한 믿으며

또한 믿으며

또한 믿으며

(여는 문) 나쁜 기억은 도움이 된다

하나, 당신은 개를 가지고 있지 않군요

끝난 다음 끝이 없다면 18
다음 밤 19
저기 먼 기척 21
장례는 장래에게 맡기고 23
보호 25
풀과 개 26
모르는 상자 가져오기 28
돌아온 뒤에 듣게 되는 말 29
부서진 자리 30
우리는 잠깐 만나 끝내 자라서 32
책임 33
체하고 난 뒤 저녁 먹기 34
희고 낮은 지점 35
늦여름의 짓 37
고양이 만지는 꿈 38
보리자나무 39
상담하는 방식 41
증명 42
건너편 불빛 44
건조와 조화 45
따뜻한 저녁 47
모양 49

지시하는 아침 51

커피 마시고 꿈 걷다 다시 커피 마시러 가는 시 53

녹는 눈발 55

둘, 괜히 더 나은 사람이 되고 싶었다

인간이라는 자리 58

신이라는 자리 60

미숙한 관계 61

회전 62

비 만지기 63

개화와 조화 65

산책을 하면서 배우는 사실 67

순한 얼굴 69

귀국 71

모든 정성 72

거절을 믿듯 선의 또한 믿으며 73

환한 얼굴로 내게 달려와도 76

그늘을 쑤셔 넣는 오후 78

배회 일기 79

여기 없음 80

셋, 기대한 것들이 여기에 없더라도 당장, 잠을 떨어내지 않아도 되는 곳

셋, 속삭이는 게 모두 비밀인 줄 알았던 때

무안한 순간 112
적을 수 있는 말 113
잠수 오래 하기 115
세상과 정원사가 하는 일 116
초 118
파스타 먹는 날 119
결속, 연유하는 마음 121
스웨터 뜨기 122
노래의 작용 123
다른 방법 124
방충망과 모기향 126
외식 128
연극 이후 129
발효되는 그리움 130
그 모든 진실들 132
만류하는 동안 일어나는 사건 134
영구작동 135
평행으로 드러내는 136
생채기와 재채기 138

(닫는 문) 겨울 여수에서 내가 잊은 것

그리고 닫힌 문 사이로

____________꼿꼿하게 앉아 있다 스루르루그주루루 미끄러지기

(여는 문) 나쁜 기억은 도움이 된다

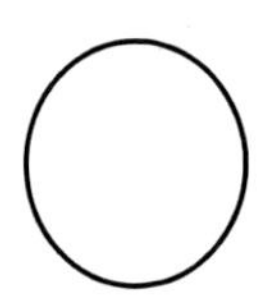

그럼, 가라앉는다. 헤엄치며 수면 위로 가보려고 해도 나의 수영 실력은 형편없어서 이대로 어찌 되는 건 아닌가 싶다가도, 실은 이거 발만 뻗으면 닿는 어린이 수영장이라고 나는 나에게 힌트를 준다. 어서 이 잠깐의 기분에 속지 말고 당장 나와. 너는 너한테 맞는 곳에 가서 놀렴.

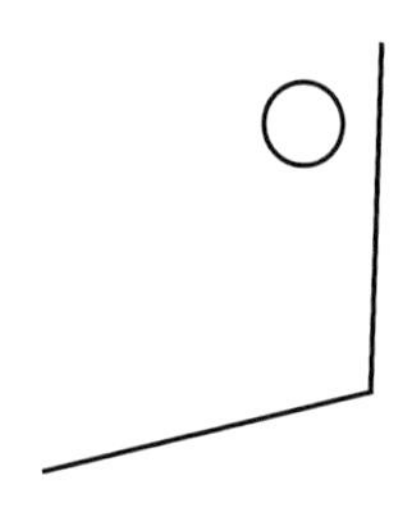

하루가 멀쩡한 형태로 흘러가지 않는다. 멀쩡한 형태로 흘러가지 않는 하루와 다르게 나는 멀쩡하게 사는 형태로 보이는지 내 주변 사람들은 나에게 '넌 멀쩡한 하루를 살지 않고 있어!' 하고 다그치지 않는다. 하긴 누가 그런 말을 과감하게 던져 주겠는가. 나도 주변 사람들한테 그런 말은 못한다. 되도록 좋은 말을 해 주려고 한다. 솔직하게 말해 줘! 하고 말하는 사람에게 진짜 솔직하게 말해서 그 사람에게도, 나에게도 득 될 게 있을까. 솔직하게 말해 달라고 하는 사람은 이미 자신의 문제를 확인했을 확률이 높고, 자신의 문제를 확인한 사람에게 타인이 다시 문제를 짚어 주는 게 문제 해결 확률을 높인다고 생각하지 않는다.그러니 하루가 멀쩡하게 흘러가지 않는다는 느낌만을 붙든다.

사실, 이런 느낌은 언제나 있었고, 다만 요즘 더 자주 감지할 뿐이다. 어째서 하루가 멀쩡하게 흘러가지 않는지도 실은 알고 있지. 이 글을 재료 삼아 편하게 인정해 보자. 일하느라 글을 못 쓴다는 건 핑계라고.핑계는 땅을 뒤집어엎는 와중에도 냅다 튀어나오는 두더지처럼 난데없이 힘을 과시하며 하루를 헤집어 놓는다. 비단 글쓰기뿐만이 아니다. 턱걸이를 할 때도 핑계는 매 순간 얼른 포기하고 바닥으로 내려오라고 종용한다. 핑계는 강하다. 몸이나 정신 혹은 둘 다 의기투합해서 핑계에게 덤빈다고 해도 승률은 좋지 않다. 그럼에도 나는 스스로 핑계를 만들고, 핑계와 싸우며, 핑계한테 찌질하게 진다. 이렇게 구조화해서 생각하는 것 또한 핑계가 만들어낸 덫이 아닐까?

심지어는 첫 회사에 입사하고 난 뒤 줄곧 이 핑계에 매달리기도 했다. 당장 회사를 나와서 다른 방법을 찾는 상황에 나를 던져두면 하루가 제대로 돌아올 것이라고 믿던 때도 있었다. 하지만 이 상태라면 퇴사는 답이 아니라 도피가 된다는 것도 안다. 도망친 곳에 낙원이 없다는 말까지 안 가더라도 도망친 곳에는 빚이 있다. 나는 내가 선택한 일에 책임을 져야 한다. 지금 내가 가진 머릿속 계산기로 아무리 연산해 봐도 회사에 다녀야 한다는 값이 나왔다. 핑계가 하고 싶은 일을 하게 만드는 원동력으로 바뀌면 좋겠으나 아직까지 그런 연금술을 부리는 사람은 보지 못했다.

퇴근할 때면 버스 창문에 기대어 바깥에서 걸어 다니는 사람들을 봤다. 그러면 퇴사 의지로 쌓은 성이 조금씩 허물어졌다. 사람들은 대단해 보일 때가 많다. 나는 그들을 모르고, 나도 그들을 모르는데 왠지 모르게 응원을 건네고 싶어진다. 책임을 짊어지고 살고 있는 사람의 몸은 굽은 것처럼 보이기도 하나 동시에 강인하고 유연해 보이기도 한다.

주말이 자주 찾아온다. 실제로 자주 찾아오는 건 아니다. 느낌에 불과하다. 적어도 내가 태어나고 나서는 월화수목금을 지나가야만 토일이 온다. 월화수목금, 월화수목금, 월화수목금. 웅얼거리다 보면 주문이 된다. 아브라카다브라. 다 이뤄져라. 월화수목금. 어서 주말아 와라. 주말은 기대하게 된다. 별 계획이나 약속이 없어도 주말이 구질구질해 보이는 평일에서 어떻게든 나를 꺼내줄 것 같다. 그리고 내가 재촉하지 않아도 꼬박꼬박 와주는 주말을 동력 삼아 책임에서 잠깐 멀어졌으면 좋겠다만…… 막상 주말이 오면 늘 뭔가 덜 한 것 같았다. 책임은 해소되지 못하고 나를 뚫어져라 쳐다보며 남아 있다.

늘 뭔가 덜 한 것 같았다. 그런데 덜 한 뭔가를 하지는 않았다. 어떻게 해야 하나, 어찌해야 하오, 도대체 이 우주에서 지구에 태어난 이유는, 도대체 무엇인가! 이런 식의 방대한 공상에 시간을 들이부어도 시간은 갔다. 그러다 일요일 밤에 돌아본 주말의 행적은 영 불만족스럽다. 평일에 쌓아놓은 스트레스라도 제대로 풀었으면 덜 불만족스러울 텐데, 그건 그것대로 남고 하지 못한 일은 하지 못한 대로 점점 무거워진다. 그럼, 가라앉는다. 헤엄치며 수면 위로 가보려고 해도 나의 수영 실력은 형편없어서 이대로 어찌 되는 건 아닌가 싶다가도, 실은 이거 발만 뻗으면 닿는 어린이 수영장이라고 나는 나에게 힌트를 준다. 이 잠깐의 기분에 속지 말고 당장 나와, 어서 너는 너한테 맞는 곳에 가서 놀렴.

나를 달래다 보면 다시 주말. 패턴 반복. 이제는 이 패턴에서 벗어나고 싶다. 늘 벗어나고 싶었다. 뭐가 나를 벗어나게 할까. 명확하진 않은데 일단 채찍부터 나에게 주기로 한다. 어떤 채찍을 고를지 고민하던 나는 일단 내게 도움이 되는 장면 몇 가지를 계속 반복해서 떠올리기로 했다. 도움이 되는 장면은 좋은 장면이 아니다. 친구들과 술을 마시고 우리는 아무리 오랜만에 만나도 어색하지 않다면서 웃는 장면이나 여수의 게스트하우스에서 먹었던 조식 토스트와 수프의 따뜻함을 느끼는 장면은 도움이 되지 않는다. 지금의 나에게 도움이 되는 장면은 나쁜 장면이다. 바깥에 내놓아져 있던 짜장면 그릇에 남은 찌꺼기를 먹는 초췌한 남성과 눈이 마주치고 인상을 찌푸리고 걸음을 재촉했던 장면. 다른 사람을 비난하고 혐오하기 위한 문장으로 가득찬 알림판을 들어올리며 목소리를 높이는 장면. 불 꺼진 방에서 얼굴 없는 입과 손들이 배설물처럼 쏟아낸 댓글들을 보면서 세상에는 왜 이렇게 많은 인간이- 하며 한탄하고 욕설을 중얼거리는 장면. 올리기만 해도 기분이 나빠지고, 뒷골이 당겨지며, 미간을 꾹꾹 누르게 만드는 골칫덩어리 같은 기억을 양분 삼아 징그럽게 뻗어나가는 담쟁이덩굴 같은 장면들.

토사물을 오래 보는 사람이 없듯 나쁜 장면을 오래 응시하는 사람도 없을 것 같지만, 의외로 다들 남몰래 그러고 살고 있지 않을까. 다른 사람에게 대놓고 넌 과거에 일어났던 나쁜 일을 자주, 오랫동안 생각하니? 하고 물은 적이 없어서 확신은 못 해도. 이러지도 저러지도 못하고, 이 상황이 불만족스럽지도 개운하지도 않은 나에게는 과거의 나쁜 일을 쓱쓱 긁어 주기라도 해야 한다. 나쁜 일은 고양이처럼 내게 몸을 비비면서 존재감을 드러낸다. 나쁜 일의 페로몬. 남들이 맡지 않았으면 하는 냄새. 내가 먼저 맡고, 남이 아니라 어떻게든 내가 해결해야 한다. 물론 나쁜 장면을 응시해 보려고 꺼내놓는 일이 되려 나를 더 무기력하게 만들기도 한다. 이런 무기력으로 불을 피우다 보면 매캐한 연기가 주변으로 퍼진다. 딱 봐도 몸과 정신에 매우 유

해한 영향을 끼칠 자욱한 연기를 보면 당장이라도 자리를 피하고 싶어진다. 좋게 좋게 살아도 좋지 않을까. 괜히 나쁜 장면을 마주하면서 분노와 증오를 필요 이상으로 만들어낼 필요가 없지 않나. 연기는 심상으로 솟아오르고, 마음의 날씨를 순식간에 엉망으로 만들어 버린다.

그러니 피할 수 있는 건 피하는 게 좋다고 생각한다. 교복을 입고 담배 피우는 사람의 얼굴이 가득한 골목으로 굳이 들어가지 않아야 하고, 비틀거리면서 밤거리를 걷고 있는 사람에게 눈길을 주지 않고 빠르게 자리를 피해야 한다. 하지만 피할 수 없을 때가 있다. 늦은 밤 횡단보도 앞에서 빨간불이 초록불로 바뀌기를 기다리고 있는데 빨갛게 충혈된 눈의 취객이 다가와 시비를 건다거나 실실 웃으면서 우르르 몰려와 담배 좀 대신 구매해 달라고 학생들이 말할 때 그 자리를 당장 피하기도 어렵다. 그들은 어쩌면 피하려는 나를 보고 더 달려들 수도 있을 테니까. 그럼에도 우리는 예감한다. 이번 일을 피한다고 해서 다음에도 피할 수 있으리라는 보장이 없다는 걸. 나쁜 장면이 나에게 도움이 된다고 말은 하지만, 실은 내가 나쁜 장면을 선택한다기보다 나쁜 장면이 나를 선택한다. 나의 기억은 내 것이나 내가 다룰 수 있는 종류의 것은 아니었으니까. 기억에는 늘 속수무책이다. 질 수밖에 없다.

그래도 이 기억이 아주 잠시나마 나를 살게 한다면.그 기억 속에서 무너져가는 나도, 끝내 빠져나오는 나도, 다시 기억에 붙들리는 나도 믿어야 한다.

하나,

당신은

개를

가지고 있지
않군요

끝난 다음 끝이 없다면

무구한 눈덩이를 떠올렸다 무구한 눈덩이에는 기적이 없고 무구한 눈덩이에는 사랑이 없고 무구한 눈덩이에는 이상이 없다 그리고 눈덩이가 절벽으로 떨어져 사라지는 순간에는 많은 일들이 결말을 맞이한다고 생각했다 내가 사는 곳에는 많은 눈이 내리지도 쌓이지도 사라지지도 않아서 무구한 눈덩이를 실제로 만들 확률은 낮겠지만, 무구한 눈덩이를 떠올려서 나쁠 건 없었다 맞이한 결말을 생각하는 일은 할 수 있는 일 중 유익한 편에 속했다 결말 앞에서는 많은 이름을 떠올렸다 잊은 이름도 나를 잊었을 이름도 있었는데 제대로 발음하기 위해서 필요한 슬픔이 부족했다 해로운 인간은 되지 말아야지 난 오래전부터 육지와 멀리 떨어진 섬의 기분으로 생각했는데 인간이 해로운 건 아닙니까 해로워서 서로를 견디지 못하고 싸우는 게 아닙니까 하고 물으면 돌려줄 질문이 그리 많지는 않았다 언젠가는 나를 이해하는 날이 올 거야 오지 않았다 울어도 해결되지 않는 일이 있을 거야 있다고 해서 무엇이 달라지나 그렇지 바라도 이뤄지지 않고 해석해도 받아들여지지 않으려고 할 거야 맞다 혼잣말은 늘어나고 바라는 그 누구도 듣지 않는다고 생각하니 언제까지고 할 수 있을 듯한 기분이 들었다 기분만으로 평생을 좌지우지하긴 힘들어도 결말이 만들어지는 중에 도망갈 수는 있었다 눈을 굴리면 눈을 굴리는 일 이외에는 그리 중요하게 생각되지 않겠고 그럼 대부분의 나쁜 일을 잊을 수도 있거나 눈 속에 파묻힌 채로 천천히 썩게 둘 수 있다는 걸 알게 되었다 샌드위치의 유통기한과 섭취기한이 같지 않듯 전 세계 얼음이 해빙하는 순간이 모두를 다 앗아가지는 않을 거야 갑자기 문을 두드리는 절망이 있는가 하면 여전히 모습을 드러내지 않은 채 숨을 참고 있는 아가미도 준비되어 있겠지

다음 밤

오늘 모임은 잘 끝났다
당신과 당신이
얼마나
잔인한 마음을 품었는지 알 수 없지만,

아름다움은 찾아가지 않는 외투처럼 있고
내던져진 일상은 폐가 같았다
버티면서 끝까지 떨어지지 않으려고

우리가 앉아 있던 둥근 테이블에는
쓰다듬을 모서리가 없어서

잘될 거라는 약속과
그래도 힘을 내자는 웃음이

오지 않은 미래에도 오고 갔다

있던 곳으로 돌아가면
넘어가지 않던 밥을 챙겨 먹고
따뜻한 물로 씻고 나서
코를 골며 자겠지

납득하지 못할 일은 없었다
사정(事情)이 뛰는 사람
주머니에 든 동전처럼
부쩍 짤랑거렸고

옆에 있으면 알아차려서
평범하게 나빠지는 법과

나빠지면서 평범해지는 법을
배우게 되는데

시작되자마자 금방 다 죽어버리는
한참 유행하던
여러 좀비 영화처럼

속편은 좀 더 깊어질 예정
예정만이 남고
크레딧이 올라가는 동안
철 맺은 낙엽처럼 썩고

다음 모임을 기다리면서 준비한다
그래도 도움이 되는 말을 해야지
여기서도 필요 없는 사람은 되지 말아야지

친절한 사람들이
도움을 위한 말만 했다
도움을 위한 말이
도움으로 끝나기란 어려웠어도

미래의 아침은 길었으면 좋겠다
당신과 당신이
있을 모임을
조금이라도 더 길게 기억하고 싶었다

저기 먼 기척

진행되는 동안 뜬소문과 식은 꿈이 기름기에 섞여 떠다녔다 집밥이 먹고 싶다 말하는 동기는 졸업하고도 아직 집으로 돌아가지 못했다 나는 위로하고 술값 내고 머리가 아프다 핑계대며 술집에서 벗어났다 사실은 지하철 막차 시간이 다 되었기 때문이었다 막차를 타러 가는 길은 항상 조급했다 이럴 때마다 시대나 정의 같은 묵직한 단어들이 나의 도착과는 전혀 상관없이 닫히는 가게들의 문처럼 개울가에서 뜰채로 뜬 송사리처럼

막차를 놓쳤다 택시를 잡아야 했다 택시 호출 앱으로 택시 호출 버튼을 누르고 택시를 기다린다 택시기사들이 호출 건 당 앱에 떼먹히는 수수료가 과하다는 인터넷 기사를 떠올리면서 무단횡단을 하는 여러 명과 전봇대를 붙잡고 주저앉은 한 사람과 언성을 높이며 싸우고 있는 연인을 보았다 폭탄의 뇌관은 어디서부터 어디까지인가 폭탄을 직접 본 적 없어서 숲을 봐도 뇌관을 떠올릴 수 있었다 숲과 뇌관 뇌관은 뿌리를 닮아있을까 숲은 멀리에 있고 뇌관도 멀리에 있고 단단하고 빛나는 창을 가진 건물들은 원근법을 잊으면서 내 앞으로 택시가 지나가고 다른 택시가 지나가고 또 다른 택시가 지나갔는데 내가 기다리는 택시는 오지 않겠다 싶을 때쯤 택시가 왔다

목적지를 말하지 않아도 기사는 말이 없고 택시는 나아갔다 덜컹거리는 몸을 차창에 기댔다 잠들지 않기 위해 오늘 했던 일과 오늘 해야 했던 일을 짚어봤다 불빛 다리 나무 목도리 현수막 깃발 시위 입김 보이는 단어를 외웠다 그건 사람의 이마를 짚는 일보다 복잡하고 주식의 흐름을 계산하는 일보다는 간단했다 다리 나무 불빛 시위 현수막 깃발 목도리 입김 아름다운 수식을 완성하고 잘못한 일은 감췄다

기사는 오래전부터 말을 하지 않은 사람처럼 말이 없었고 택시는 나아가고 있었다 오래전부터와 멀리는 얼마나 친해졌는지 관계하지 않은 비밀이 점점 늘어나고 목적지가 있으니까 일단은 좋았다

저, 손님…… 회사 다니십니까?…… 되도록 오래 다니세요 나와서 할 일이 이렇게 없을 줄 몰랐습니다…… 저는 무엇이든지 할 수 있을 줄 알았습니다 무엇이든지 했습니다 그건 중요한 게 아니었습니다 모두 무엇이든지 하고 있었습니다 무엇이든지 해도 무엇이 될 수 없었습니다… … 목적지에 가까워졌고 지갑을 뒤지다가 이미 계산을 했다는 걸 깨닫고 이것이 수수료의 힘인가 이것이 좋다고 여겼다 수수료도 나를 좋다고 여길 것이었다 감사합니다 기사님 조심히 운전하세요 하고 말하면서 택시에서 내렸다 택시가 가고 난 잠깐 머리를 감싸 쥐고 쪼그려 앉아 있기로 했다 잠깐이면 되었다

장례는 장래에게 맡기고

고양이를 묻은 곳에 딸기도 묻었다고
들었다
딸기는 썩을까, 자랄까?

시월쯤에 고양이가 죽었다

막연한 바다
표류하면서 지독해지는 사람들의 표정
입을 벌리면 햇살이 쏟아지고

나긋한 말씨
친절하고 온화한

창 쪽에 두면 상하기 쉽고
그늘진 곳은 잊기 쉬웠다

기온은 도움이 되나
접촉면이 많을수록 위기가 되어도

경험이 부족해서 오히려 생생한 일
더 많다는 말
더한 일도
많다고

누가 죽였는지 모르겠다
누군가가 죽였다

모르는 게 꾸준히 늘어나서
정직해지기 어려웠다

아침을 먹고 설거지를 끝내고
입고 나갈 옷을 고르다
왜 세상에는 나쁜 사람들이 없는 건지
나쁜 사람들이 있는 세상에서
살고 싶다고

그런 세상에서 기꺼이 나쁜 사람을 자처하고 싶다고
믿고 싶으면
믿어버리면 되었다
딸기는 오월쯤 수확할 텐데
아직도 오래 기다려야 했다

보호

돌아오지 않을 꿈을 꾸고 싶었습니다
한 번만 꾸고 말 꿈
개꿈, 해석하지 않고 끌어안을 필요 없는

그런 건 나의 몫

저녁은 아무리 와도 싸우게 되고 혼자 있으면 눈사람이 나를 부르기도 했습니다 내가 부르려고 했는데 아니야 아니야 뭘 그렇게까지 누가 부르든 이제 함께 있으니까 좋다 좋아 대화하다보면 두터워져서 눈밭에 몸을 던지고 싶었습니다 그러면 내가 그대로 남겠지요

개는 자꾸 돌아오고요
이제 키우지도 않는데 잃어버렸는데 전봇대와 인스타그램 피드 사이에서 떠도는데

이따금 생각하지요 만나지 않았다면 나는 가정의 영재 이름을 많이 부르면 그 이름이 지워진다고 믿는 신자

이런 꿈이었습니다 한 사람의 손을 잡으니 다른 사람의 손을 놓아야 해서 둥글게 앉은 서로가 영원히 둥글게 있는 걸 포기해야 하는 꿈이었습니다 그러다 탈을 쓴 사람과 헐벗은 사람이 뛰쳐나가고 동물의 울음소리를 내면서 흐느끼는 사람과 계속해서 하늘만 쳐다보고 있는 사람이 불쑥 새가 되어버리는 꿈이었습니다

눈사람을 만들 정도의 눈과
그런 눈사람을 녹일 정도의 계절이

화분에는 조율하지 못한 새싹이 피어나고 있습니다

풀과 개

개가 죽으면 잘 묻어 줘야 한다고 샀던
삽은 집에 있었다

개는 집에 없었다
개가 집에 없으니
목줄도 없고, 개껌도 없어야 하는데
개만 없었다

살아있음을 증명하는 노력과
죽음 뒤에 울어버리는 능력 중
재능이라고 해야 할 건 뭐였을까

이틀 전에 비가 왔고
날이 무더워 땅이 퍼석해진 줄 알았는데
삽질을 하다 보니 축축한 흙이 나왔다

개의 내장도 만지면 이런 느낌일까
알지 못한다
개의 내장을 만지는 일은 해 본 적 없다

손목을 심어도 될 만큼
흙을 팠다

묻으면서 잘 자라기를 바랐다

잊지 않겠다고 덧붙였다
미래에 풍성하게 자라면
충분히 기뻐하고 싶으니까

나만 개가 없는 게 아니었고
많은 사람들이 개가 없었다

나는 그 사실을
시간이 조금 지난 뒤에 알게 된다

당신은 개를 가지고 있지 않군요
당신은 가지고 있나요
아니요 저도 가지고 있지 않습니다

이런 식으로 알게 되었다

주변에 쌓인 흙을 끌어 모아
천천히 묻었다

삽으로 충분히 다진 다음
집으로 삽을 다시 가져갔다

내장을 만져본 적도 없는데
게워 내는 모습을 학습하게 되었다

모르는 상자 가져오기

풍부해지는 기분 솜사탕 하나만 들면 다들 각자의 유년으로 섬을 만들고 붕 떠서 도착했다 돌아오기 힘들어 오래 머무르기로 했습니다 이래도 되겠지요 약속했던 많은 일들이 육지로 돌아오지 못하고 있습니다 표류는 지금도 즐거운 일이 아니고 돌아온다 해도 경험이 된다고는 생각하지 않았습니다 인내는 좋지요 열매를 약속해 주는 건 아니었고 지금쯤 나를 찾는 사람은 아무도 없을 겁니다 내가 사라진 걸 모르는 사람이 더 많겠지요 저는 깨 통 속에 든 깨를 생각하고 그 깨가 우연히 바깥으로 튀어 나가 들여다보지 않는 밑으로 흘러 들어갈 확률을 상상해 보기도 했습니다 그건 틀린 생각이라는 제목으로 시작하는 유리병 편지 너를 생각하는 사람들이 얼마나 많은지 생각해 봐야 한다는 내용의 유리병 편지가 떠내려왔습니다 바싹한 모래 위에 누워 용서 같은 건 모르는 태양을 온몸으로 받고 있으면 이대로 녹아 스며들었으면 좋겠다고 느꼈습니다 그러니 인간만이 용서를 배운 것이지요? 배운 용서로 우리는 나아졌지요 하지만 중력이 좋아요 중력이 좋아서 실패도 언제나 추락과 관련되어 있었습니다 하강하는 사람들을 많이 찾아봤고 떠오르는 사람도 많이 찾아봤는데 시간이 지날수록 부력이라는 건 만들어지기 마련인데 그들이 가지고 있던 상자는 도대체 무엇이었는지 알아차리지 못했어요 오해의 연산은 자꾸 쌓여가고 이러니 나는 섬으로 갔다가 돌아오기 더 좋았을 겁니다 변명은 달고 해명은 지독했어요

돌아온 뒤에 듣게 되는 말

아무리 용서를 빌어도 용서받지 못할 일이 있다고 생각하면 마음이 차분해졌다 당신은 시시하고 겁쟁이에요 이런 말을 들으면 기뻤다 호수 위에 띄운 인공적인 조명에는 유효한 전력이 들어와야 계속 환할 수 있었고 삶을 추동하는 기쁨 또한 실은 실망과 한패라는 걸 인정할 때쯤

돌아왔고, 난 피고인 자격으로 재판에 서게 된다 피고인은 책임을 져야 하는 자 검사는 자꾸 죄가 있는지 묻고 변호사는 흥미 없는 알리바이들을 꺼내 놓는다 증인들이 속속 등장하는데 증언하면 증언할수록 내가 나의 증인이 될 수 없다는 사실만 더욱 가중되고 그럼 나의 죄도 나만의 죄가 아니라고 듣지 않는 표정들을 향해 선언하고

판결을 기다리는 동안 실은 오래전에 전부 끝났다는 목소리를 듣는다 그건 내가 던진 목소리이기도 하고 네가 낸 목소리이기도 한데 실은 이 재판에서 아무도 피해자가 되고 싶지 않아서
재판은 영영 진행되기만 한다 판결을 어떻게 내려야 될지 나는 여전히 혼란스러운데 판사는 법에 근거한다 법은 완전하지 못하고 인간도 완전하지 못해서 최선이라 한다면

사막에 박혀 있는 선인장이 된 듯 퍼석거리는 선고를 받는다 아무래도 죽음 같은 건 아무도 사고 싶지 않기 마련이다 좋은 죽음이라면 모를까 그런데 그런 게 있을까 소문을 듣기는 했는데 물비린내가 풍기는 여름이면 호수 위에 썩은 연꽃이 핀다거나 분리수거를 아무리 열심히 해도 지구는 돌이킬 수 없는 지경에 이르렀다는 소문은 아무래도 쉽게 수긍하기 힘들었다

부서진 자리

책상이 부서져 있었다
어떤 결과는 과정을 설명하지 않고
일어나기도 했으니까
크게 기쁘지도 강렬하게 슬프지도 않았는데

책상은

손으로 문지르면
나무 향이 나는

그런 책상이었다

가지고 싶었던 책상이다
유리 밖에서 처음 보았고
유리 안에서 처음 만졌다

책상을 가지고 있지만
책상을 사용해 본 적 없는 사람이
말했다

같은 책상은 없습니다
이 책상은 유일해요

이 말에 혹해서
책상을 가지게 된 건
아니었지만, 기억에 남아 있다

그 기억을 재료 삼아
가령 이런 즐거운 상상을 해 볼 수 있었다

내가 이 책상을 부순다고 했을 때
나는 이 세상의 유일한 무언가를 부수는 사람이 되고
그럼 좀 특별해지는 게 아닌가?

숲은 재생되고
환대는 계속된다고 해도

그보다 난 이 책상에서
끝내지 못할 몇 작업을 하고
끝내주는 몇 작업을 하고 싶을 뿐이다

그거 멋진 생각이다

누가 내게 말해주면

이제 멋진 생각이지

대답하고 싶었다

대답만 간직하는 연필과
질문만이 적히는 공책

그러니 내가 책상을 부술 리 없다

우리는 잠깐 만나 끝내 자라서

동창회는 성사되지 않았다 이왕 연락이 닿은 거 만날 사람들은 만나자 반장은 왜 졸업하고 나서도 반장이라고 불릴까 졸업을 하긴 했나 우리가 아쉬운 애들끼리 이런저런 얘기만 나누다가 몸을 가누기 어려울 정도로 술을 마시고 나니 이 자리를 아쉬워하지 않는 애들이 떠올라서 분했다 너희들한텐 이게 아무 일도 아닌가 다 지나가 버렸나 내일은 숙취로 고생할 거야 코끼리를 닮은 친구는 고민이 많다고 했다 고민을 물어도 고민을 말하지는 않았다 연필을 잘 깎던 친구가 술을 가지고 왔다 아무리 불러도 종업원이 오지 않는다고 했다 여기는 다 셀프였다 생각해 보면 성장도 셀프였다 우리 다 잘못 자란 거 같아 반장이 말했는데 아무도 듣지 않았다 우리는 선생님이랑 연락하는 사람이 있는지 서로 궁금해서 묻곤 했는데 정작 아무도 연락하는 사람이 없어서 괜히 머쓱해졌다 술병은 늘어나고 코끼리를 닮은 친구도 연필을 잘 깎던 친구도 엎어졌다 멍청하게 있는 건 자랑이 안 되네 책상 앞자리를 고수하던 친구가 중얼거렸다 반장이 그 친구를 위로하기 시작했고 잠시 후 과거에도 지금도 반장 말을 잘 듣던 친구가 못 참겠다는 듯 일어나 자리를 박차고 일어났다 욕설을 퍼붓고 짐을 챙겨서 나가기까지 채 일 분도 걸리지 않았다 반장은 혀를 차며 줄기가 꺾인 꽃이 꽂힌 화병처럼 정지했다 나는 담배를 태우러 나간 친구들이 더 있었다는 걸 기억해내며 창밖을 쳐다봤다 가로등 아래에서 친구들이 남의 사물함에 기대어 서 있다

책임

손안에 종아리가 들어오지 않아서 매일 달리기 시작했다

우레탄으로 포장된 트랙에서 성실해지면 미움도 손상이 덜 갔다

지금까지 바닥이 딱딱했던 정황이 내 탓은 아니었구나

아무도 이런 바닥에서 뛰고 싶지는 않았을 텐데 다들 어떻게 뛰어다닌 걸까

세상에는 나를 미워하는 사람들이 너무 많았다 내가 미워하고 싶은 사람들은 금방 주변에서 사라지거나 그 사람 주변에서 내가 사라지거나 그랬다

아침에는 여기서 육상선수들이 부지런하게 뛰고 있었다 그들이 모르게 응원했다 그들이 응원을 받지 않았으면 하면서

체하고 난 뒤 저녁 먹기

만두를 꽤 많이 먹었는데도 부족해서 라면을 끓이던 중에 체했다는 걸 알게 되었다 이제 그만 먹어야 하는데 그러면서도 물은 이미 끓고 수프나 면 중 무엇을 먼저 넣어야 할지 고민하다가 이런 장면이 떠올랐다 한 친구가 면을 먼저 넣는 사람과는 손절한다고 했고 다른 친구는 그럼 나랑 진짜 손절해야겠네 하면서 웃었다 그 두 사람은 실제로 손절하지 않았다 지금도 잘 만나고 있는데 나는 그때 그들이 참 바보 같고 웃겼다

비상한 인간이 되면 진짜 착한 사람이 되어야지 의도적으로 선한 사람보다 그냥 나쁜 사람이 더 나쁘다 그런 사람이 어디 있느냐고 하면 아직은 태어나지 않았다고 말해 주고 싶었다 적어도 당신은 주변을 헤맬 줄 알아야지 그래야지

모르고 산다면 모르고 사는 대로 제철 과일을 먹으면 그만이었다 겨울에는 딸기 여름에는 수박 가을에는 석류 봄에는 매실 사람은 제철 과일을 먹어야지 그러면서 건강하기만 하다면

두 친구에게 전화를 걸었다 먼저 전화를 받은 친구는 라면을 먹을까 말까 고민하고 있었다고 했고 다음에 전화를 받은 친구는 이미 라면을 다 먹었다고 했다 나는 통화를 마치고 퉁퉁 분 라면을 맛있게 먹었다 면부터 넣을지 수프부터 넣을지 고민하던 시간이 무색하게 라면은 사사로운 과정들은 생략한 채 맛있었고

손가락 위 피가 검고 몽글거리는 느낌을 받았다 흐르지 않도록 가만히 있다가 누가 보고 있을까 주변을 살폈다 목구멍에 손가락을 집어 넣었다 저녁 전이 손가락 끝에 만져졌다

희고 낮은 지점

한참 구부정하게 앉아 있다가
일어나면
허리가 아프고
조금 졸리기도 했다

잠이 매일 약속되어 있으면 좋겠다
약속을 잘 지키면
더 좋고

안개는 불규칙적으로 깔려서
아침을 정체하게 만들기도 했다

그러니 일어난 게
이른 아침도 아니었는데
부지런해지고 싶어서

오늘 사람 만날 약속
한참 찾다
없어서

컵에는 어제 받아두고
잊은 물

세면대에 들이부었다

다음 날은 이렇게 하지 않아야지
그런 다짐을
한참 하고 나면

세상이라는 게
잘 닦은 오래된 동전처럼
반짝이고 비릿했다

가는 날이 장날이 아니어도
화분을 파는 아저씨는
항상 그 자리에 있었고

묻고 싶었다
화분을 파는 기분은
어떤 기분인지

화분 안고 돌아오다가
폐점한 가게를
한참 들여다보곤 했다

하루가 짧은데
한참이 너무 많았다

늦여름의 짓

환상 아니면 결과
파라솔은 접히지 않고 여름이 끝나가는 내내 방치되었다
폐장한 해수욕장에서 활짝 펴져 있는 파라솔과
그 파라솔이 만들었던 패색 짙은 그늘 중 어떤 게 더 오래 갈지 궁금했다

남는 게 없으면 장사를 하겠어요 나는 이 말을 들으면 괜히 안심되었다 그래서 자주 묻곤 했다 간혹 나를 불편하게 하는 말은 이게 손님과의 약속이니까요 손해 좀 보더라도 파는 거죠 거짓말이라고 믿어 보려고 해도 그럼 먹으면 먹을수록 당신에게 손해를 끼치고 있다는 상상에서 벗어나는 게 어려웠다

외지인이 잘 들어오지 않는 마을만 골라서 여행을 하고 싶었다 여러 이유로 무산되었고 앞으로도 꾸준하게 무산될 테지만 언젠가 한번은 내가 가보지 않을 미래도 가볼 수 있지 않을까 기꺼이 빗나갈 수 있지 않나

가상의 계절은 계속 살아볼 수 있고 반복하면 도저히 한 번에 클리어할 수 없는 게임이더라도 만약이라는 게 자꾸 손이 가는 단짠한 과자라면

고양이 만지는 꿈

나는 네 이름도 생각해 뒀어 집에 없는데도 이름이 생기는구나 무수한 대체 바라는 모습 없이 막연하고 추상적인 온기를 그려보기도 했지 코트에 넣어두고 잊은 손난로 같은 긍정 몇 번이면 불쑥 네가 소파를 뜯을지도 모른다는 기대도 했었지 그런데 네가 살아있어서 나도 살아있어서 이 일은 이뤄지지 않는다 나는 내가 더 나은 쪽을 선택한다고 넘겨짚기도 하는데 더 살아보지 않아도 안다는 두려움은 어느 곳을 경유하여 네 눈에 박혀 있는지 꿈에서 속아도 현실에서는 속아지는 다짐 쪼그리고 앉아 차 밑을 들여다보면 혹시 난 들어올려야 하는 미지근한 어둠을 발견하는 게 아닌가 무서우면서도 그 긴장을 놓아버리고 싶어서 미친 사람처럼 내가 생각해둔 이름으로 너를 부르면서 네가 울지 않기를 기대하고 정말 네가 울지 않으면 불안해했지

보리자나무

벽에
걸어두었던
염주가 터졌다
손재주가 부족한 나는 알알을 줠 수 밖에 없었다

한 번도 진심으로 쥐어 본 적 없던 염주였다

바닥으로 떨어지는 붉은 알알이
낮은 곳으로 굴러갔다

시간의 탓이 컸다
무서움이 나를 무서워해서
물러서고 싶기도 했지만

나무가
가슴께까지 자랐다

도움은 성장의 몫이라서
잎은 푸르렀다

누군가를 미워할 때마다
쥐었던 염주였다

태어난 열매를 결과라고 불렀다
나무가 품고 있던 번뇌가

이렇게 반짝이고 아름다울 일인가

묵묵함을 믿고 싶었을지도 오래 살아남은 나무를 보며 쏟아내는 감탄은 질

리지도 않았다 저기 저 푸른 잎과 빈 나뭇가지가 할퀸 낮은 허공을 보고 있으면

붉은 알알을 다시 주워 염주로 꿰고 싶은 날에는 주변을 둘러보았다

상담하는 방식

이전에는 일이 이렇게 흘러갈 줄 몰랐습니다 시험이 다 끝나고 이후에는 늘 걱정만 늘어났으니까요 앞으로를 떠올리면 뒤에서 일이 일어나곤 했습니다 일이 일어나는데 왜 자꾸 미루고 잊을까요 미뤄도 괜찮기 때문인가요 미룬다고 뾰족한 수가 생기는 건 아닌데 단순해지면 단순해지겠다는 생각도 더 하지 않겠죠 마찬가지로 이 일이 모두 날씨의 탓이라고 한다면 손댈 수 없는 자연의 법칙에 따라 이렇게 된 거라고 한다면 자연은 저한테만 좋았습니다

증명

신이 있는 곳에는 언제나 신자가 있었다 신자가 있는 곳에도 언제나 신이 있어야 했는데 그렇지 않았다

그러지 못해서 이 세상에는 인간이 자꾸 태어나는 거라고 인간이 자꾸 신을 만들어야 신이 정말로 존재하게 되니까
신이 왜 있어야 하는지는 쉽게 대답하지 못했다 아마 신도 제대로 대답하지 못하고 오히려 곤란한 질문을 되돌려줄 수도 있다

내내 신을 죽이는데 골똘했으나 실은 더 나빠지기만 하지 않느냐고 이 질문에 대답할 수 있는 인간이 더 남지 않은 시절에

그러니까 한참 전 세상이 멸망했을 때 인간이 남긴 흔적이 거의 다 사라지고 이 별의 이름을 아무도 불러주지 않게 되면

사실은 모든 게 지나갔고 지나간 뒤에 확인할 수 있는 거라면 아직 그 무엇도 확인할 수 없을 거라고 왜냐하면 모든 게 지나갈 리 없으니까

그러면 신은 영원히 확인할 수 없는 존재입니까 관측되는 순간 사라져버리는 약속입니까 물속에 집어넣은 손을 다른 손에게 잡히면 물 위로 떠오른 손을 붙잡지 못하고

아니면 태어나는 인간이 신을 부정하는 이유도 전부 신의 뜻이라고 말한다면 신의 뜻이라는 건 추측하기 힘든 과정에 지나지 않는 겁니까

도출되는 값으로 살아가야 하면 우연에는 기대기만 해야 하는 거고 갈취해가던 기적은 혼자서 어설프게 매는 넥타이라서

바라는 대로 이뤄지게 하심이 진정 원하는 바가 될 수 없으므로 인간은 죄를 짓고 죄를 용서받기 위해 어디에

거해야 합니까 신이 필요하지 않은 이유가 인간에게 생기기 시작한 시점부터 신을 벗고 집으로 들어가야지 아니 신을 벗든 신든 그건

건너편 불빛

바라보고 있으면 멀어지고 싶었다 건물들이 내뿜고 있는 환한 빛은 체감하기 어려웠다 손 모으는 기도 오래 걷는 수행

말라붙은 연꽃이 가득한 연못을 걸으면 밤이었다 아무리 물속에 손을 담가도 손이 물에 세제 분말처럼 풀어지지 않듯 저 빛에 영원히 녹아들지 못할 몸

실패했고 더는 좋아지지 않는다는 말은 아니었다 누군가는 반드시 이길 거고

희망은 줄다리기라고 생각한다

이긴다는 생각만으로 줄다리기에서 승리하긴 힘들겠지만 다른 방법이 있었다 끝까지 쥐고 있으면 자국은 남을 테니까 흔적이 아니면 여기 더 남아 있을 필요도 사라지고

잊는 방식과 잊히는 방식 중 고른다면 늦게 성사되는 방식을 택하고 싶었다 저 빛을 보지 않으면 눈이 멀지 않으니 급작스럽게 시력이 떨어지지 않는 눈으로

과정이 있어서 책임을 질 사람들이 도망가기 힘들어졌다 누군가 책임을 되묻고 나서 바지춤에 땀 닦듯 잘못을 숨길 수 있지도 않았다

공정한 게임이 이루어지기 위해서 심판의 역할은 얼마나 중요할까

잠이 오면 잠을 자고 아침이 오면 아침을 맞이할 수 있는 곳에 살면서 반대쪽으로 등을 보이고 뛰쳐나가면 모조리 해결될 줄 알고

사 년에 한 번씩 전 세계인들은 올림픽에 참여한다

건조와 조화

찻잎을 넣어둔 면포를 건조대에 매달아 두었다
그건 이미 끝난 거야
있지도 않은 사람의 독백을 듣곤 했다
거실에 깎아 둔 사과가 갈변되고 있었고
타국에서 포탄을 옮기다 숨졌다던 아이의 소식을
듣곤 했다 되짚어 보면 붐비던 야시장과
알아듣지 못하는 이국의 언어는
늘 매혹적이었고 되려 여기 있는 나를
안전하게 만들어 주었다 여긴 총기가 합법이 아니고
비교적 안전하다 단지 찻잎이 건조되는 일은
없을 거다 냉동실 안에 박혀 잊힌 곶감처럼
말라비틀어질 수는 있어도 선물은 아직도 도착하지 않았다
한 사람의 정성과 다양한 사람의 불안이
뒤섞여서 그게 가끔 오래된 마시멜로처럼
느껴질 때가 있다 배출되지 않는 뜻이 있다면서
먹지 않는 게 좋다고 했던 건강하고 산뜻한 사람들
경계한다고 해서 달라질 건 없었는데도
줄곧 매달리고 싶었다 낑낑대면서
실수는 자꾸 일어날 거다 고라니가 자꾸 차에 치이고
자동차의 헤드라이트가 어두워지긴 힘들다
안전은 모두의 담보
세계를 배울 수 있는 원데이 클래스가 있으면 더 좋겠다
다들 각자 다른 세계를 배우고 집으로 돌아가
저녁을 하고 잠을 자고 등을 밝히면
창문을 열고 계절을 기다리고 상을 펼치면
진작 좀 잘살아 볼걸 하는 말과
말 없음으로 증명하는 죽음 앞에서
나는 나의 무덤을 떠올려 보고
납골당이었으면 좋겠다가 바람이었으면 좋겠다가

바다라면 여기보다 좀 더 넓은 바다였으면 싶다가
아직 끝나지 않은 거야
속삭이니 불안으로도 살아가게 되고
가끔이라는 속임수가
제법 앙증맞은 포즈를 취해서
그래서 내가 한 최선은

따뜻한 저녁

나는 반듯한 게 좋아
불쑥 말했는데도
식탁에 앉아 있는 사람들이
나도, 나도

그렇게 말해 줘서 좋았다
모서리에 앉은 사람도
나와 가까이 앉아 있는 사람도
모두

나는 몇 년이 지나도 그 일을 잊지 않고 있다
아직 몇 년이 지나지는 않았지만

당신은 어떤 색을 가장 좋아하나요?

서로 하고 싶은 질문을 하던 중
내게 질문해서
내가 말했는데
나도, 나도

이렇게 잘 맞을 수 있을까
이렇게 잘 맞을 수 있을까
이렇게 잘 맞을 수 있을까

세 번 정도 생각했는데
(아니, 네 번일 수도 있다. 다섯 번일 수도 있고. 몇 번인지 중요하지는 않다. 나는 한 번만 생각하지 않는다.)

이렇게 잘 맞을 수 있지

맞아, 맞아

식사가 끝나면 다 갈 거지?

내가 준비한 음식들은
따뜻할 때 먹고 차가워지면
손이 덜 가는 음식들이다

김치찌개. 콘치즈, 달걀말이, 파스타, 떡볶이……

너무 많이 해서 분명 남을 건데
다들 여기 들어올 때
내가 말해뒀다

잊지 않고 미안해하는 사람
잊었는데도 미안하다고 말해주는 사람
그냥 나가버리는 사람

식탁을 치우면서
마지막에는
식탁보를 정리하려고 했다

모양

퍼즐과 다르게 레고는 자유롭잖아.
그렇지 않아.
이렇게 해도 되잖아.
응.
그럼 이렇게 해도 되는 거 아냐.
아니야.
뭐가 다른 건데.
레고는 자유롭지 않아 뭘 만들고 싶어.
만들다 보면 만들어지잖아.
만들고 싶은 걸 떠올려.
그럼, 헬기를 만들어 볼래.
헬기에서 가장 중요한 게 뭐야?
헬기의 날개.
그럼 날개부터 만들어 봐.
거봐, 다르네.
뭐가.

퍼즐과 다르게 레고는 중요한 곳부터 만들 수 있잖아 그러니까 자유로운 거야 순서가 얼마나 중요한지 알잖아.

퍼즐도 그럴 수 있어.

퍼즐이 어떻게 그래 끝에서부터 맞춰야지 바깥쪽에서부터 안쪽으로 채워야 이곳에 있어야 할 퍼즐이 다른 곳에 자리 잡지 않으니까.

그건 미숙한 탓이지 가능성이 아예 없지 않아 세상에는 미숙한 사람 말고도 미숙한데 노력하는 사람 고집이 세서 다른 사람의 상처보다 내 상처가 더 중요한 사람 뻔뻔하게 밀어붙이면서 웃는 사람들이 있어 그런 사람들이 퍼즐을 맞추면.

중요한 곳부터 맞출 수 있다고?.
그렇지.
그럼 누가 먼저 퍼즐을 맞추는지 레고를 만드는지 시합을 하자.
그런 건 중요하지 않잖아.

중요하지 않아도 하자.

중요하지 않은데도 하는 게 이상해.

이상해도 하잖아.

그건 그래.

그러니까.

맞아, 좋아.

시작하자.

지시하는 아침

컵받침을 소서라 한다고
컵과 컵받침을 세트로 부르는 명칭이
컵 앤 소서

아는 게 너무 많은 사람을 만나면 피곤해졌다
밤이 길어지고
당신을 오래 만나서
난 자발적으로 불면증을 앓고

컵 앤 소서 하고 입 안에서 굴리면
이름 모르는 신에게 뜻 없이
빌고 싶어진다며 나도 말해 보라
해서 종종 그러곤 한다

컵 앤 소서
컵 앤 소서

말하고 나면
오지 않을 당신을 떠올리고 싶어진다
늦게 일어나 식빵과 우유를
급하게 먹고 어제 걸어뒀던 셔츠와
다려놓았던 바지를 입고서 출근하는

오지 않았으므로 당신은
그럼 당신은 여기 없는데

마스킹 테이프로
방문 안쪽에 붙여 둔
오래된 영화 포스터와

방이 한패처럼 느껴진다

잊을 수 없는 일이 많아지면 사람은 묵묵해진다
단단해 보여도 손만 대면 찰랑거리는 묵처럼
깨지기 위해 다문 입이나

그치기 위해
우는 방식이나

소서와 함께 컵을 들고
내다보는 장면

생에서 너무 과한 연출이 쓰인 장면으로 남는데도

이전까지는 놓치고 있는 게 있다고 알게 되면서
계속해 보고 싶었다

커피 마시고 꿈 걷다 다시 커피 마시러 가는 시

이름은 잘 기억 안 나는데
거기서 마셨던 커피가 맛있었다

경험이 돋고 취향이 생겨
좋으면 좋다 말하고
싫으면 웃기만 했다

더는 육식을 하지 않겠다고 말하는 친구는
세상이 바뀌지 않더라도
바뀐 세상이 여전히 궁금하다고 했다

이번에 꾼 꿈이 다음에 꾸는 꿈과 이어진다면
당장 꿈에서 깨
원하는 마음을 맘껏 퍼붓고 싶었다

비가 내릴 때마다 뒤꿈치가 젖고
안으면 벌어지는 포옹도 있었다

한 시절을 대표하는 경험이
다르게 새겨질 수도 있었다

사진이 있으니까
있던 일이 되고
잊었던 일도
단지 새삼스러운 일로만 남게 되었다

향

늦은 오후

한번은 이런 일도 있었다
요사한 문장으로
무참한 계획이 속이려 들어도

커피가 식고
자리를 비워도
진행이 되면서
언젠가는 이런 순간이

다시 찾아오리라
희망을 풍기는

예감은 향

어쩌면 전부겠구나, 싶었다

녹는 눈발

코트를 입은 청년이 혼자 서 있었다 하늘은 극적인 자세를 취했다 그러니까 기적이라는 게 일어나도 좋을 정도의 햇빛이 눈부시게 청년의 정수리에 내려앉고 있었다 그런데 이렇게 멀리서 지켜보는데 어떻게 청년인 줄 아느냐고 기적은 청년한테만 일어나고 실패도 청년한테만 주어지니까 청년이라 불리는 모든 요소가 죽어도 청년이 생겨나는 세계 이런 세계가 드라마를 좋아하는 이유가 드라마를 좋아하지 않고서는 설명되지 않는 부분이 너무 많기 때문이라고 봤다 그도 그럴 게 이제 저 청년은 숙이고 있던 고개를 쳐들고 기적이라는 게 일어나도 좋을 정도의 햇빛을 쳐다보면서 정말 자신에게 기적이라도 일어날 듯 굴어야 하기 때문이었다 지켜보는 모두의 염원이 그랬다 실패 같은 건 더는 겪지 않고 살아갔으면 좋겠다는 농담이 도처에 깔려 있었 가식도 아니고 허울도 아니었다 단지 예보와는 다르게 이제는 눈이 내리고 구름이 서서히 햇빛을 닫고 있는데도

둘,

괜히

더

나은 사람이 되고싶었다

인간이라는 자리

바닥에 손으로 썼다

절벽과 눈
달과 종유석

몇 번이고 다시 쓸 요량이었는데
손으로 쓰면
잘 지워지지 않았다

내가 가진 물건 중 가장 비싼 물건은
심장

뛰지 않아도
비싸니 이걸 지불하고
인간이 되고 싶었다

하지만
심장이 아니라 하고
그건 물건이 아니라고 하는데

생이 노래처럼 외울 수 있는
무엇이었다면
다른 이름이 있었겠지

몽돌과 요의
우유와 창

심장을 만졌다
뛰고 있다

따뜻하다

연이 되고 싶다
품이 되고 싶다
먼저가 되고 싶다

나는 신의 감상만으로 살아가고 있는 게 아닌가
그럴 때마다 신이 있음을
있는 신을
의심하기 힘들었다

신이라는 자리

、[1]

1 、

60 61

미숙한 관계

내가 먹고 싶던 자두
줬다

올해는 풍년이었대

이 말을 했고

버스를 기다렸다

네가 버스를 탔고
난 침을 삼켰다
고여 있던 침이었다

회전

지금까지 입지 않았으니
이 옷들은 이제 입지 못할 거야
암시를 걸었다
옷이 꽤 많이 나왔다

기대도 했다
저번에는 생각보다 빨리
옷이 팔렸기 때문이었다

누군가 내 옷을 입는다고 생각하면
괜히 더 나은 사람이 되고 싶었다

비가 와도 바깥에 나가서
약속을 지키는 사람

죽지 못해 산다는 말을
아끼면서 돈을 쓰는 사람

하지만 나 같은 건
아무도 입어주지 않을 거야

이런 생각과는 무관하게
옷은 잘 팔렸다

방금도 연락이 왔다

비 만지기

1

그해에 전부 버려버리기로 했다 버려버린다 버려버린다 무엇을 버릴지 정하지도 않은 채 버려버린다고만 말하니 이상한 말처럼 느껴져도 입에 붙어서 자꾸 버려버린다 하고 말하게 되었다 말은 익숙해지고 이상한 소문은 계속되는 순간이어서

장마라는 소식을 들었고 걱정이 되기 시작했다 바깥으로 버린, 더 사용하지 않는 소용이 정말로 쓰지 못하게 될까 봐 아니면 금방이라도 다시 쓰고 싶어질까 봐

장마가 끝난 뒤에 바깥으로 나가니 내가 버려버린 물건이 아니라 다른 사람이 버린 물건이 들어차 있었고 다음 장마는 언제 시작될지 궁금해졌다

2

했던 얘기는 다시 하지 않았다 반복은 권태롭게 만들 거야 그런데 권태는 무엇을 만들지 사람이 만든 조각상이 세워진 공원 벤치에 앉아 노을을 기다렸다 입안이 제대로 마감하지 않은 시멘트의 표면처럼 까슬까슬했다 파손되지 않은 과일이 열린 나무와 종소리가 들리기도 했다 멀리서 바람이 나뭇가지를 들어 올렸다

비 냄새를 잘 맡는다는 말 혹시나 해서 우산을 챙겼다며 우산을 눈앞의 사람에게 기꺼이 내미는 행동에는 꾸밈이 없고 절절하다거나 애달프다거나 달에 가보기 전까지 아무런 소식도 들려주지 않겠다고 장담하는 어느 실패한 우주비행사처럼 혼자 있겠다는 말에 갇히고 끌어안고 훌쩍였다

비가 내리기 시작하면 무릎 아래에는 작동하지 않는 섬광이 놓여 있었다 어쩌다가 우연에 기댈 가능성이 생기기도 했다 쥐면 사랑이었고 부서지면 이후여서 잔물결이 발목 아래로 차곡차곡 쌓였다 모래가 쌓이는 곳에는 흰 모래로 채워진 해변이 생겼다

3

터널을 빠져나올 때 아주 잠깐 삭제되는 시간처럼 몇 번이나 오해를 반복해도 도망칠 공간은 보이지 않았다 다음 경험은 어떻게 이루어지며 반복되는 걸까 오늘은 비가 온다고 했었고 예정된 시간이 되었는데도 비가 오고 있지 않았다

다시 확인해 본 일기예보에서는 비가 올 확률이 제로라고 적혀 있었다 언제부턴가 확률을 믿지 않게 되었는데 지나치게 도움이 되기도 했고 포기하게 만들기도 했기 때문이었다 무엇이든 중간이 좋아서 접이식 우산은 항상 가방에 넣어뒀다

아침에 일어나서 관측하는 날씨가 가장 정확하다고 믿었는데 정확은 얼마만큼의 확률을 통해 만들어지는 확신인가 창문을 열어둔 채로 외출했다 장마는 시작되었고 비는 내리지 않는다

개화와 조화

한 줄기의 섬광
방치해둔 치즈
방을 떠돌아다니는 수증기
당신과 함께 돌아오는 길
불린 쌀
잊은 꿈
돌려놓은 조명
무딘 가위
접은 소매
젖은 뒷머리
넘어가지 않는 달력
풀린 손목시계
깐 귤
재개봉한 영화
하던 일
그릇 위 호루라기
들판
정리된 책상
찢어진 파라솔
바라보는 곳
터진 인형
봉합한 파도
접기 전 박스
휘어진 옷걸이
식은 라면
일어난 보풀
꽂아둔 공책
우는 표정
방치한 자전거

팔리는 옷
바람 빠진 자전거
녹는 페인트
끊어진 머리끈
낡은 책
열린 창
녹고 있는 아이스크림
기대하지 않는 산책

산책하며 배우는 사실

멀리서도 시간이 흐른다고
저기 달려오고 있는 사람을 보며 느끼는데
호수에 떠오른 윤슬이나
공중에 친 거미줄

소소한 환상이
연장되곤 했다

잠깐 이뤄진 꿈은
꽂아 두고 잊을 공책에 적어 두어야만
잊을 기억으로라도 남길 수 있었다

여름은 미끄러지고
대화 안에서 대화할 거리를 찾는 사람들

복도는 멀리 이어져 있을 줄 알았고
저기 매달려 있던 살구가
떨어질 줄은 상상하지 않았고

무서운 일을 혼자 감당하지 말자고
네 옆에 내가 있다
그럼 너도 내 옆에 있어서
이제 혼자 있을 필요가 없다, 말하며

다른 사람이 다른 사람을
토닥이는 모습만 보더라도
하루가 뿌듯해지기는 했으니

건강해지면 꼭 어른이 되어야지

신발에 들어간 돌이
굴러나올 때까지
벽을 짚고 한 발로 서서
신발을 흔들었다

힘든 내색을 하지 않은 건
힘들지 않아서가 아니라

새어나온 틈으로
주체할 도리 없이
쏟아지기 때문이었고

공원하면 떠올릴 모든 시간이
여기 모여 있다는 착각

그런 착각이 들어
노을이 눈 속에서 녹고

호수의 중심부까지
가 닿지 못하는
목재로 만든 다리 위로

순한 얼굴

손 씻고
손을 아무리 털어도 손목이 떨어지지 않았다

달력에는 외우지 못하는 기념일이 많았다
구월 십구일은 청년의 날
구월 이십일일은 치매 극복의 날

거웃처럼
붙어있다는 건 때로는 거추장스럽고
나에게는 숨통이 그랬다

뭐가 있길래
안고 있어야만 하는지 몰랐다

속해 있으면 안심이 되기도
원심력 같은 거
실제로 존재하지 않아도 증명해야 하는

삶이라는 이력에는
개인의 자유와 평화가 더 많이 적혀 있어야
보편적인 행복을 누렸다고 할 수 있지 않습니까?

얼마까지 생각해 보고 오셨어요
꽃집에서 이 말을 들으면
늘 정해뒀던 금액보다 더 많은 금액을 부르곤 했다

줄 사람이 떠오르면 다행이었고
꽃 시드는 걸
구경하면서 포기하더라도

나쁘지는 않았다

꽃을 말리는 건 우리가 하찮아졌기 때문[2]이라고
엉겁결에 손바닥에 비친
내 얼굴을 보게 된 날

기르는 동물이 있습니까

이 질문을 하는 사람과

혼자 죽는 게 무섭습니까
이 질문을 듣는 사람은 다른 사람이었다

2 김언수 작가의 작품 「꽃을 말리는 건 우리가 하찮아졌기 때문이다」에서 따옴

귀국

고를 만한 최선이 있었으면 좋겠다 상인들이 내놓은 엇비슷한 물건들 소리가 찢어지는 스피커에서 들리는 이국의 노래 야시장의 입구에서 출구까지 걸으면서 갓 지은 밥처럼 들뜬 사람들의 표정을 지나면서 실컷 싸우고 온 사람을 떠올리기도 했다 이유가 중요해? 이유가 중요해 이유가 중요한 이유가 뭐야 이해받기를 바라나 그건 요원한 일이라 서로 이해해 주기로 했다 서로를 이해 못 한다는 걸

다시 안 볼 사람처럼 서로를 끝에 세워 두고 비눗방울을 불었다 터져버려라 터져버려라 소망하지만 정말로 터져버리면 곤란했다 눈깔사탕을 입에 넣고 굴리다 실수로 입 밖으로 내버린 아이처럼 져라 져라 하면서도 막상 지는 벚꽃을 보고 있으면 더러 지난 시간들이 아쉬워서 내가 과거에 세워 놓은 나를 나는 다시 꺼내오곤 했는데

아직도 야시장은 폐장하지 않았다 한참을 걸었는데 한참이나 더 갈 곳이 남아 있었다 끝나지 않는 밤이 있는 곳에 끝나지 않는 야시장이 있어서 계속 물건을 파는 사람과 물건을 사는 사람이 한데 뒤섞여서 즐겁고 징그러운 풍경이 반복되었다 우리가 다음에도 만난다는 게 기쁘면서도 소름 돋는 일처럼 느껴질 때 나는 나를 미워할까 남을 미워할까 상인들은 나만 보면 대신 기뻐하는 인형을 사라고 했다 민둥한 머리와 통통한 몸을 한 인형을 한 손에 들고 고민하다 사지 않았다 떠날 때보다 떠나온 뒤에 더 많이 떠나올 때를 짚었다 나는 야시장에서 오래 맴돌 기분이 들었다

모든 정성

달라진다면 물살의 흐름이 멈춘 곳으로 만질수록 가벼워지고 싶은데 내가 가지고 있는 내장이 투명하지는 않아서 아직도 나는 이 지상에서 계속 살아야 한다 순환도 지친다고 하면 나보다 오래 산 몸들이 코웃음을 칠지도 누군가에게 나의 오늘은 꼭 가 닿지 못한 내일이라고 표현하면 몇 번은 열심히 살고 싶어질 거고 어떤 시기에는 다 집어치우고 싶어진다 알고서도 하는 일과 모르면서 하지 않는 일 지체할 시간은 없는데도 사막은 자꾸 넓어지고 있다 내가 딛고 있는 폐허가 당신이 딛고 선 폐허와 다르다는 사실이 작은 위안이 된다 천사가 있었으면 좋겠고 악마는 닫혀 있는 곳에서 자꾸만 닫기를 바란다 착한 사람들은 더 착하지 말고 나쁜 사람들은 인제 그만 나빠지기를 이런 말을 해도 보편적으로 팔리는 정원 머리는 커지고 내가 쥐고 있는 건 섬뜩함이다

거절을 믿듯 선의 또한 믿으며

물수제비나 같이 해 볼걸
두 번밖에 튕기지 않던 돌을
세 번 튕겼을 때

저녁이 와도
다음 저녁을 기다렸고

부는 바람이 아니라
손 모아 비는 바람
자주 시간이 부족하다고 했는데
나는 그런 말을 너무 많이 해서

철봉에 매달릴수록
힘에 부쳤다
이제 그만 내려와도 괜찮다는 말을 들어도
조금 더 버티고 싶었던 고집은

가장 오래
매달릴 수 있던 처음은

굳이 쪼그려 앉아
틈을 쪼개 피고 있던
꽃을 관찰하던 사람

지난 약속이
칠 벗겨진 오리배처럼 호수에 떠 있는 채로

정겨운 오후도 있었다
포장한 초콜릿과

아이들이 없던 놀이터는

햇살이라는 말이
해의 살이 아니라는 걸 아는데도

조각을 할 줄 모르는 사람은 사진을 찍고
간직하는 게 재능이고
다시 만났을 때 웃을 수 있는
연습이 필요하다면

서로는 잘못 발음되곤 했다

너로
너로 인해

오래전에 떠난 여행에서
부재중 전화 몇 통과
침묵 사이로

기적도 가끔 기절하고
쓰지 않은 기적은
사라지기도

대단치 않은 재주라고 했지만
자랑도 하고 싶었다
내 손에 있던 돌을
멀리 보내는 게 가능했으니까

어떻게든 사정이 있을 거라며
다른 사람을 미워하지 않으려 한다는
네 말을 들으면서

이번 저녁은 길게 느껴졌다

발 가까이 물살이 올라왔다

환한 얼굴로 내게 달려와도

나도 너도
안아줄 수 없음

흔적에 손대지 않아도
오는 새벽

발설했던 말이
발설했던 곳으로
풀이 없이 답을 찾아가고

낡으면 환상이 깃든다
오래된 그늘이나
찻잔을 모으는 취미

연기는 짙고
꿈은 깊고

풀

매미 울음소리

깨면
끝나고
해 지면
온 곳을 덮고

오래 잠겨
불어 있는 몸

꼿꼿해지면서
서늘해지고

다른 몸으로 만나서
다른 몸이 되어

마른 나뭇가지 밟듯

관람차는 돌아간다

그늘을 쑤셔 넣는 오후

팔자걸음을 고치지 못해 옆 사람 발을 계속 밟다 보니 익숙해져서 팔자걸음을 고치지 않는 지경에 이르렀는데 이건 내 탓도 밟히는 사람의 탓도 아니라고 생각하니 정말로 고칠 생각이 들지 않는데 어쩌겠어 이게 타고난 운명이라면 받아들여야지 운명 전에 먼저 정해야 할 오늘의 저녁 메뉴 다들 아무거나 괜찮다고 하는데 실은 바라는 게 하나쯤은 있을 거고 이건 그 하나를 밝히는 사람이 이기는 게임 그런데 운명이라는 건 그물 같은 건가 아니면 떡밥 같은 건가 뭐가 잡히지? 잡히더라도 단번에 들어 올릴 수 있는지 알지도 못하는 사람들이 버린 쓰레기인가 아니면 알 필요가 없는 덜 자란 물고기인가 어쩌면 튀어 오르기만 하고 싶었던 순리 그렇게 생각하면 편했고 순두부는 좋고 순두부찌개에 들어간 고기는 더 좋았네 하지만 식당을 나오면서 뻔뻔하게도 한동안은 그 생각에 골몰했지 내가 인간이라면 증명이 필요하다고 그건 모자를 쓰는 일로 대체되었지 가리고 있으면 모르니까 도망인 줄 모르면 도망이 아니게 되지 않나 그런데 도망은 도망을 알아보게 되고 조금은 너른 마음을 가지고 싶다가도 그래도 되냐고 그건 너무 이기적인 게 아니냐고 묻고 싶었지 아마도 전생이 있었다면 난 거기서 어떤 약속도 하지 않았을 거고 아마 다음 생엔 너무 많은 채무가 쌓여 있겠다

배회 일기

이미 온 내일 창문에 어리고 어린 내가 창문 바깥으로 뛰어다니고 동네를 돌아다니곤 했다 골목은 어두컴컴해서 귀신이 살기 좋다고 생각했다 생각해 보면 나는 외로웠고 다시 생각해 보면 외로웠는데 외롭다고 말하지 못했다 나를 부르는 이름이 보편적으로 느껴졌는데 골목을 돌 때마다 나는 알아채지 못하는 상대방이 그때 기억이 나냐고 물으며 나 같은 건 별게 아니라고 불친절하게 덧붙여주리라는 기분이 들었다 지금까지 알아차리지 못한 세상의 비밀 같은 걸 대문을 열고 사람이 나오면 모른 척 그 사람을 살피다 멀어질 때쯤 알아차리려고 했다 그러다 대문을 열고 나온 사람이 뒤돌아보며 나와 눈이 마주쳤으면 했는데 이상하게 그런 적은 없었다 내가 먼저 시선을 피하거나 끝내 뒤돌아보지 않았으니 사람이 사라지고 주변의 소리도 들리지 않으면 부적을 꺼냈다 상상 속에서 나는 퇴마사였고 내가 하는 일이 누군가에게는 반드시 도움이 될 거라고 믿고 있었다

여기 없음

샹그리아를 만들어 먹어야지

그가 대답하고, 방법을 질문하고, 그러다 하루가 다 가 버리기도 해서 다음 하루는 무엇을 만들며 시간을 보내야 하는지 가늠해보다가 이제 곧 이별이 왔음을 직감한다

누가 떠나더라도 샹그리아는 남을 거고 아무도 못 먹어서 상할 텐데 난 그게 제일 걱정이었다 이걸 누구한테 권하고 음미하라고 할 수 있을까

손님들은 샹그리아가 뭐냐고 묻는다

예쁜 카페에서 처음 보는 이름을 가진 음료를 주문하는 일을 좋아한다 막상 음료가 나오면 나와 잘 맞지 않아 실패라고 느껴진다 해도 이런 식으로 실패하지 않으면 도대체 언제 실패를 해 보느냐고

짐작하는데 실은 방아쇠를 당기는 기분으로 하루를 살아간다고 한다면 아무도 믿지 않겠지 오히려 믿어준다면 그 사람이 되려 무서워할 듯해서 고백은

샹그리아가 상하는 동안

몇 번 다음 생을 살아보고 싶다 그가 떠나고 내가 남아서 그 반대로 이뤄지는 경우도 몇 번의 생 중 있겠지만 적어도 지금은 상상이 아니라 생생하게 와 닿는 지독한 향

이렇게 빨리 상하는 샹그리아를 만들려고 부었던 과즙이 풍부하고 다디단 과일과 평생을 두고 마셔야 할 와인이 꼭 얼굴 없는 아기에게 당기는 시위 같아서

다시 만날 일 없음

손님들은 얘기를 듣고 위로하니 이는 천천히 썩기로 한다 모르겠지 이걸 내가 얼마나 방치할 수 있는지 알아줬으면 하는 순간과

습한 계절이라 더 빨리 상했다는 샹그리아를 바닥에 붓고 코를 틀어막고 구석에 박혀서 지내야 하는 자세가 어느 시절 애달픔이 꾸는 꿈

샛길, 기대한 것들이 여기에 없더라도

샛길, 기대한 것들이 여기에 없더라도

물음을 울음으로 발음하면서 휘파람을 배웠다

이제 대답을 기다리지 않고 휘파람을 계속 불 수 있다

나는 내가 거뜬해

증명은 그늘이 설익은 곳에 두었고

기대는 빈 책장에

세워두었다

여기는 아직도 주말이야

나는 잘 있다 너는 잘 있다

참외 베어 물기

입가 주변에 묻은 단물이 서서히 말라간다

숲이 멀어도

숲으로

가짜 나무

가짜 들판

마주치는 그림자마다 새겨둔 그리움으로 다음을 소망했다 이게 나의 선이에요 악이에요 방문이고 천장이에요

열린 쪽으로 고개를 돌리면 휘파람 소리가 돌아오고 있었다

헤매다 보니

한 폭의 빛

두 걸음의 물

세 모금의 입김

전광판에 내가 타야 할 기차는 없다

아무도 선로에 뛰어들지 않는 꿈을
그 꿈을 빌어 모여드는 날벌레들 사이로
입을 열지 않고
아무도 아무에게 곁과 품과 숨을 내어주지 않고

너무 늦은 건 아니냐고 물었을 때

나 혼자 참외를 먹은 게 아니었다는 사실이
나 말고 참외를 베어 문 사람이
있었다고

우리는 숲을 빠져나갈 필요가 없다
숲은 우리를 가두고 있지 않기 때문이다

P7-5
P5-5
P4-4
NYK

설명하지 못한다고 해서 있었던 일이 사라지지도 않고

돌아오지는 더더욱 않고

앉은 사람이 있으면 서서 기다려야 하는 사람도 생기고

나는 어디쯤에서 발생한 자세일까

긴 울음을 지나왔다

눈인지 꽃씨인지 비인지 빛인지 잎인지 손금인지 안녕인지 모를 흰 것들이 쏟아져 들어왔고

휘파람은 이제 들리지 않는다 잠시 멎었을 것이다

이 모든 게 불안 때문에 일어난 일은 아니었는데
대신 서 있어줄 허수아비가 필요했다

용서

영원

견딜 수 있는 우리만 가득해서

언젠가는 초점이 맞지 않았다

너는 잘 있다가 가끔 발목을 삐고
나는 잘 있다가 마른 입술을 만진다

해 줄 말이 없어서 본 거울에는
이미 내가 도착해 있다

답장

오는 잠을 밀어내지 않아도
되는 곳

는 잠을 밀어내지 않아도
는 곳

오는 잠을 밀어내지 않아도
되는 곳

오는 잠을 밀어내지 않아도
되는 곳

오는 잠을 밀어내지 않아도
되는 곳

오는 잠을 밀어내지 않아도
되는 곳

도착. 예감보다 길었으나 예상보다 짧았지. 예감은 몸의 영역. 실제와 가깝네. 예상은 상상의 영역. 허상과 비슷하네. 아직 도착하지 않은 너와는 이제 만나기 힘들겠지만, 묻고 싶어. 너의 선호는 무엇이었지? 예감이나 예상이나 막상 들여다보면 실은 비슷한 꼴을 가지고 있다며 냉소하고, 냉소하는 자신을 부끄러워하는 방식으로 아직 괜찮은 인간이라고 자부하는지. 괜찮은 인간들은 모두 부끄러워한다고. 그러나 부끄러워한다고 괜찮은 인간은 아니라는 걸, 알고 있으면서도.

그 외에도 묻고 싶은 게 많지. 아직 침대 위에 신라 스테이 호텔에서 가져온 인형이 있니. 난 없다. 세탁기에 넣고 돌리다가 솜이 터졌거든. 솜을 다시 집어넣고 봉합해서 예전과 비슷한 외형으로 만들어 주고 싶기도 했는데 곰인형의 눈과 마주치고 말았지. 그때 나는 솜이 터진 곰인형의 눈에는 원망도 핀잔도 그리움도 상처도 읽을 수가 없어서 버리고 말았어. 다소 충동적이었지. 후회하지 않아도 잘한 일이라 당당하게 떠들 수 없는 그런 일이고. 예고 없이 갑자기 생겼던 꽃가루 알레르기는 난데없이 사라졌니. 난 이제 봄에 마스크 없이 외출 못 해. 건강 좀 챙기지 그랬어. 서른이 넘어갈 때부터 영양제를 챙겨 먹는다고 너무 안심했네. 건강이 계산만으로 되는 일은 아니지만, 너는 건강에 관한 산수를 다시 짜 볼 필요가 있어. 군대에서 만난 한 살 어리고 한 달 먼저 입대했던 선임이랑 연락하니. 결혼했다는 소식을 아주 예전에 들었는데 네가 결혼식에 참석했는지 가물가물하다.

난 이렇게나 많다. 너한테 묻고 싶은 질문들이. 도미노. 한 가지 질문이 쓰러지면 다음 질문도 쓰러지면서 존재감을 드러내네. 너도 나한테 묻고 싶은 게 많겠지. 많겠지만 발음하지는 않겠지. 발음하지 않으니 발화하지도. 기념용 성냥. 성냥갑이 갖고 싶어서 성냥을 사는 방식. 그러나 성냥갑 안에 성냥은 들어 있어야 한다는 이상한 고집. 난 그런 너의 방식이 너를 이루는 데 꽤 큰 역할을 했다고 여긴다. 너의 선택의 이유로 자리 잡아 그때 나름의 최선을 다하게 했다고 믿는다. 최선이라는 건 그때만을 증명하고 지금을 내던져버리게 만들고 싶어져도 최선을 너무 비난하지 않았으면 한다. 네가 모아놓은 그 최선이 나를 만들었으니까. 비난하면 좀 머쓱하다. 뒤통수도 당겨. 그러지 마라. 그 최선이 너를 좋은 쪽으로 이끌었는지 그렇지 않았는지 나를 보면 알 수 있겠지만, 처음에 적었다시피 너와는 만나기 힘들다.

오래 살아 끝을 보고 싶니.

여기가 끝이라고 말하면 너는 믿나. 여긴 오는 잠을 밀어내지 않아도 되는 곳. 계절을 세다가 잠시 눈을 감았다 뜨면 세어놓은 계절을 잊어버리는 곳. 눈이 쌓이지 않아서 발자국을 남기지 못하는 곳. 어디서 사람이 아닌 것이 짖어대도 그 방향을 헤아리기 버거운 곳. 사람이 사람을 안아도 체온을 가늠할 수가 없는 곳. 각자 집으로 돌아가도 다시 어딘가로 돌아가야 할 것 같은 기분을 감각하지 않아도 되는 곳. 이제 막 도착했는데도 난 이와 같은 규칙들을 알게 되었지. 아마 다들 다른 규칙을 알게 된 채로 여기에 도착하겠지만, 지내다 보면 알게 되는 규칙이 겹쳐지면서 공동체를 이루겠지. 네가 겪은 공동체처럼 이곳에서의 공동체도 공동선을 만들다가 실패하겠지. 다시 공동선을 만들려 애쓰는 사람들이 있을까. 네가 여기에 도착해서 알아봤으면 해. 너는 수많은 나를 너보다 먼저 이곳에 도착시키며 가장 마지막에 도착하겠지만, 네가 도착한 이곳은 내가 여기 적어 놓은 내용과는 너무

다를 테니까. 그럼 뭐하러 이리 장황하게 적어 놓았느냐고 물으면 네가 이런 부분들을 좋아했던 걸로 기억해서 그렇지, 내가 너무 시간이 많이 남아서 그렇지. 삶을 있는 힘껏 사랑하지 못한다고 자책하던 모습들이 떠올라서 그렇지.

편지를 보냈겠지만, 난 아직 받지 못했네. 아마 영영 받지 못해서 그 편지는 누구에게도 읽히지 않고 돌아다니겠지.

잘 지내다가 잘 지내는 게 뭔지 궁금해하면서도 계속 잘 살려고 했으면 하고

잠이 너를 해하지 않기를. 구원하지도 않았으면.

추신: 편지 제목 후보들을 적어둔다. 선정한 제목보다 마음에 드는 제목이 있을까. 그럼 그 제목으로 답장을 보내기를. 나도 영영 그 답장을 받지 못하더라도.

기구들
내 곁의 투명들을 모아 드려요
이따금의 정성으로
나는 나아가지 못합니다
바다 바다 바다
트라이앵글의 역습
이 바닥에서 살아남기 위해서는 어쩔 수 없습니다
주머니가 많은 옷은 거추장스럽습니다
한국 힙합에 대하여
나아가려는 사람들의 것
그때 그 시절 사람들은 뭘 하고 있을까
머리 긁기
두피에는 순하고 자연 유래 성분을 쓰는 게 도움이 됩니다
검은 그림자를 가지면서
모르는 사람들이 모르는 말을 걸도록
집중하는데 잠이 와요
오는 잠을 밀어내지 않아도 되는 곳
딱히 전할 미래는 없습니다
마티니를 한 잔 들이키고 잠들고 싶은 날
이제는 호흡이 부족합니다
수영을 하는 당신이 보여서 나도 수영을 하게 되고
이제는 잠수를 배워야 합니다
그림자보다 더 빠르게 용맹하게 강하게
따라잡히지 않도록
절망을 제대로 발음하기
이게 나의 최선은 아니었던 듯하고
속임수
아무리 그래도 밝은 종이는 완전 속임수이며 아직도 한참이나 남은
공기 중에 떠다니는 꽃가루
앤트맨은 원자 세계를 탐험한다
어두운 부분을 만지면서 돌아다니기
이게 나의 걱정입니다
책에 꽂아놓은 책갈피
그러나 우리가 빛나지 않는 선에서
그러게 이게 다 새벽이었어
안식과 호흡으로 인해
안녕으로 빚어내는 안정
투약합니다
사절합니다
기깔나는 꿈들의 향연
안식년

셋,

세상이는 게
모두 비밀인 줄
알았던 때

무안한 순간

해 줄 말이 있었다 아침에 같이 일어나고 나니 해도 되고 안 해도 될 말처럼 느껴져 하지 않았다 아침을 해 먹을까요 나가서 먹을까요 셔츠 단추를 잠그고 있던 상대는 나를 빤히 보다가 아무런 대답도 하지 않고 마저 셔츠 단추를 잠갔다

어제 실제로 처음 만난 사이였는데도 많은 걸 공유하고 있었으니까 주말에 혼자 캠핑하러 떠나는 게 취미라던가 고약한 고객을 상대하면서도 웃는 게 일상이라던가 그런 건 모르고 있었을 때 자연스럽게 알게 되는 종류의 내용이었다 막상 조금이라도 알게 되면 각자 산 수조 안에 들어가 입만 내밀면서 관계를 연명했을지도 모른다

빈 그릇을 앞에 두고 더 할 말이 없으면 일어나자고 해서 일어났다 바깥에서는 마후라를 뗀 오토바이가 도로를 질주하고 있었고 저러다 사고라도 나면 정말 큰일이다 싶었는데 어디로 가느냐 해서 화장실이 있는 곳에 가야겠다고 대답했다 아까 전에 해결하지 않았어요 그때는 아무런 문제가 없다고 생각했거든요 그럼 어서 가 보셔야겠네요

또 보자거나 연락하라는 말은 하지 않았는데 해 줄 말은 계속 생각날 듯해서 집으로 가는 길에 문자로 보내야겠다고 생각했다 일단은 화장실이 급해서 근처 공원으로 들어가 일을 해결하고 잠깐 숨을 고르며 휴대폰을 확인하는데 문자가 와 있었다 고민하다가 말씀드린다는 내용의 문자였고 나는 그걸 천천히 읽으면서 집으로 돌아갔다

적을 수 있는 말

내가 태어나지 않고 당신을 만났으면 좋았겠다

그럼 할 말도 없을 거고
하지 말아야 할 말을
하지도 않을 거고

불꽃이 사방으로 튀는 막대를 들고
달릴 일도
같이 간 카페에서 잠깐 자리를 비울 때면
혼자 남을 일도

연애담은 자꾸 시시해지고
이야기 없이 이야기하는 사람과
화로 꽃 피우는 사람과는 얘기하고 싶지 않았다

일이 일어난 뒤에는 다 늦곤 했다

철거 중인 건물 앞에 서면
미래가 쉽게 가늠이 되지 않았고
버려진 가구들이
눈에 들어왔다

분명 허물어지지 않는 세계도 있을 거다
어딘가에는 영영의 용도가
아침 사과처럼 좋을 수도 있다

마음이라는 게 있어서
서로 안아줄 수는 있어도
알아줄 수는 없으니까

테트라포드 속으로 빠지기는 쉬워도
바깥으로 나오기는 버거웠고

잠수를 오랫동안 해도
비행이 아주 잠깐 성공해도

태어난 건 변하지 않았고
당신을 만난 사건도
그래서
가정하지 않는다

잠수 오래 하기

버티면 상이 있습니다 받을 수 있는 상은 받을 수 있는 사람들이 받고, 남은 상은 조각났습니다 받을 수 없는 사람들은 조각난 상에 초를 꽂고 본인들을 위한 축하를 합니다 축복을 모두에게 동등하게 나눠줄 수 없더라도 축하는 공평해도 좋지 않겠습니까 유리 조각을 스스로 입 안에 넣고 삼킨 뒤에 회복하기 위해 병원을 찾는 행동은 설명이 필요한 게 아니라 증명으로 건너야 하고 꽃다발을 안고서 즐거운 표정으로 카메라 앞에 서면 어려운 순간마다 이 순간을 떠올릴 수 있다고 진심으로 믿게 됩니다 쉬이 통과한 시절은 아니더라도 지워지지 않으면 더는 지워질 노력도 하지 않게 되니까요 얼룩이라는 건 그래서 사람을 무던히도 무력하게 만들고 불면은 나무 밑을 지나갈 때 얼굴에 묻는 거미줄처럼 보이지도 않는데 지속되고 창가에 둔 어항은 언제 사라질지 모릅니다

세상과 정원사가 하는 일

1

가지고 있던 건 모두 놓아버리고 놓아버린 뒤에는 모조리 사라져 버리고 무릎 하나 감추기 힘들어서 인간은 줄줄이 젊음을 이탈하기도 합니다

선인장이 생기면 만지지 않아야 할 곳이 생겨나고 함께였으면 간단히 해결할 문제의 원인도 방식도 지켜주지 않으면 닿지 못하는 곳에 자리 잡고 있다면

거울이 바라보고 있는 정면과 식탁의 네 발이 지탱하고 있는 천장이 떼려야 떼지 못하는 관계라면 내가 어영부영 세운 수식은 이 별에서는 통하지 않고 극적인 타이밍은 정말로 극적이라서 잘 생겨나지 않습니다

2

미뤄둔 숙제를 처리하면서 조금은 건강해지고 싶었다 어디부터 밀렸는지는 잘 모르겠는데 하다 보면 끝이겠지 영원이라는 말은 자동차가 들이박은 유리창처럼 공기 중에 잘게 흩어져 있어서

당신이 좋아할 만한 식사를 준비한다 초대할 사람을 생각해 보면 어느새 저녁 시간 환영할 준비가 여유처럼 느껴질 때면 소파에 얌전히 앉아 벽시계를 바라보는데도 뻐꾸기가 나오는 새를 못 참고 고개를 돌리곤 했다

가격이라는 건 때론 절대적인 기준이 되고 결정이라는 포장은 실은 대단한 게 아닐지도 모르고 근사한 선물이라고 들이밀어도 알고 있는데 입을 다물고 있었을 뿐이니

노년에 떠날 안전한 여행을 상상하면 멸망도 두렵지 않았다 미래 같은 건 약속이 아닌가 세상이 내민 새끼손가락에 우연의 새끼손가락을 빌려 맺고

조경이 잘 된 정원이 새겨진 집에서 조용히 입을 다물고 죽고 싶다는 꿈 호상이라고 불리는 일이 요원해지고 있는데 수족관에 갇힌 물고기가 가엾게 느껴져도 끝까지 방생할 생각이 들지 않는 이유는

초

생일이어서 술집에서 폭탄주를 마시고 질문을 던진 사람이 바라지 않는 대답을 하다가 요컨대 이건 전부 내가 잘못해서 찍히고 있는 영화라고 생각했다 그게 아니라면 내가 수행하는 행동에 대한 이유를 다시금 찾아야 했으니까 아무리 케이크를 퍼먹어도 혼자였던 파티를 빠져나왔다 분명한 그리움이 있었던 건 아닌데 기억하게 되는 만남에 대해 골똘히 고민해 보아도 답은 나오지 않고 비약적인 행동만 늘어갔다 가로등이 비실비실한 독백으로 박혀 있는 골목을 지나 돌아가는 길 석 달 전에 헤어진 그를 만나고 잊을 만하면 다시는 건너지 않겠다고 했던 육교를 건너곤 했다 여기로 가지 않으면 금방 도착했을 그 장소는 어디였지 여기 가까운 어딘가는 확실한데 맴돌면서 어느 시기가 지나버리면 특정하게 짚고 싶어도 고작 이렇게 발음되는 시기가 안타까워도 알아보지 못하는 시간을 지나고 나면 우리는 기꺼이 몸을 가지고도 유령처럼 서로를 통과할 수도 있었다

파스타 먹는 날

보기와는 다르게 간단한 요리입니다
면을 기호에 맞게 삶고
소스 병을 열고
기호에 맞게 볶으면 되니까

만나면 무슨 말을 하고
자세를 갖춰야 하는지 내내 궁금했는데
이 얘기를 해 주면 되겠다, 싶어서 안심했다

생각보다 간단한 요리니 부담 갖지 말라는 뜻
나도 당신도 서로를 거절할 수 있다는 뜻

나이가 들수록 단순해진다고 하는데
자주 외투를 걸치지 않고
한겨울에 나갈 상상이 늘어나긴 했다

같이 나눌 슬픔이라는 게 남아 있을까
덜덜 떨면서 돌아오는 길에
그런 감상도 남기겠고

대접받고 싶으면 대접하라는 말
사랑받고 싶으면 사랑하라는 말

속물적이면 복잡해진다
쭉 뻗고 차가 다니지 않는 도로
정돈된 숲길과 한겨울의 모래사장

같은 마음은 있으나

똑같은 마음은 없을 거고

약속 시간을 기다리고 있다가
문을 열어줄 요량으로
소파에 앉아서 하염없이 문만 쳐다보다

당신의 기호를 몰라
다시 부엌으로 갔다

결속, 연유하는 마음

편안하고 감미로운 곳을 떠날 수 있으면 행복하게 사는 거라고 했다 거기에 머물러 있기를 나는 나에게 이런 말을 해 주는 걸 좋아했다 이런 말은 덤으로 붙였다 행복하게 살지 마라 휘발유가 물웅덩이에 만들어 낸 띠를 너무 오래 보고 있지 마라 어떤 날에는 스며들기 좋았고 이름도 없는 섬에서 모르는 이와 표류하며 모양 없는 자세를 취하곤 했다 모르는 사람은 나에게 이런 말을 해 주었다 알아서 애쓰거나 몰라서 힘 빼거나 그러니까 늘어져 있으니 좋은 일도 생기는 거겠죠 딱딱하지 않고 수란처럼 풀어지기란 쉽지 않았으나 못 할 일은 아니었다 나는 고작 나다 나는 고작 나다 나는 고작 나다 모르는 사람은 내 말을 듣고 처음에는 웃다가 나중에는 따라해 보고 싶다고 했다 새로운 별명도 가지고 싶었다 변형이 가능한 게 아름다웠다 정확하지 않은 열매가 달리기 시작했다 놓아야 하지 않는 게 분명 있겠지만, 놓지 않아 가여워지지 말자고 다짐했다 약해지는 게 아니었는데도 죽으면 끝인데 죽지 않는데도 분명 아니었는데도 스스로를 의심하던 많은 순간은 이제 막 사냥을 시작하는 헌터처럼 목적지를 벗어나서 꽂혔으면 좋겠다

스웨터 뜨기

선물해 주자, 하고 뜨기 시작했던 목도리가 스웨터가 되었다 손재주 없이도 스웨터를 만들 수 있구나 생각하던 차에 이 모든 건 꿈이고 앞으로 이어지지 않겠구나 예감했다 꿈을 자주 꾸는 편도 아니고 꿈이 이어진 적은 드물었으므로 합리적인 추론이 가능했다 합리라니 그건 나한테 부족한 능력이었다 그래도 쥐고 있는 주황색 실이 아까워서 할 수 있는 만큼 해 보기로 했다 선물해 줄 수 없어서 망쳐도 되었다 아니 선물해 줄 수 있어도 망쳐도 된다 어쩌면 당신은 내가 망친 스웨터를 입고 망가진 겨울을 나고 싶지 않을까 깨면 다 끝이더라도 끝이 난다고 해서 하지 않을 이유가 되는 건 아니었으니까

노래의 작용

처음 불렀던 노래의 가사를 기억하느냐는 질문을 받고 생의 첫 기억이 무엇인지 잘 기억나지 않는다고 대답했는데 언젠가부터 고여 있던 비를 어느샌가 하늘이 가져가고 누군가를 죽이겠다는 말과 죽고 싶다는 말을 주고받는 동네를 벗어날 때쯤 노래를 외울 때 중요시하는 건 가사가 아니라 멜로디라고 대답한 일을 집으로 돌아오는 길에 후회했다 가사가 중요하긴 해도 가사로 노래를 외운 적은 거의 없었다 처음 불렀던 노래 따위도 마찬가지다 그런 건 기억하지 않고 싶었다 거의 없음에 의지해서 대답했던 건 아니었는데 난 왜 기억 같은 얘기를 해서 상대방을 곤혹스럽게 했을까 모든 질문은 예상을 짊어지고 있고 위태로워 보일 때마다 쓰러트리고 싶은 마음은 어디서 오는 걸까 노래는 질문을 빚고 조금만 손을 잘못 두면 금방 손 쓸 수도 없이 망가지곤 했다 난 왜 당신이 죽었으면 좋겠고 행복하기를 바랄까 죽는 게 행복하다는 가능성을 열어두지 않은 건 아니었다 단지 그걸 당신에게 적용하지 말자는 다짐을 노래를 부르면서 몇 번이고 했었다

다른 방법

1
사람이 있으니까
사람에게로 갔다

시장에서 사고 싶었던 건
싱싱한 배추나 썩지 않은 감자가 아니었다

2
소식(小食)을 시작하고 난 뒤에도 종종 다 놓고 싶어졌는데
단단하고 뛰어난 꽃병을 보고 있으면
금방 가라앉았다

할 수 있다고 말하곤 했지만
사람이 자신을 들여다보도록 작동하는 건
불가능한 일이었다

생선의 살을 발라내다
잠깐 멈칫하던 순간에도
나는 고작 나뿐인데
나는 고작 나뿐인데……

사람이 없었으면
나는 나만 들여다보려 할까

3
배가 투명해져
훤히 보여
공유할 부분이 늘어난다면

피가 흐른다는 게 신기하겠다

이걸 가지고
사람임을 알아차리니
사람이 아니어도 됐었구나

토사물에는 이름이 없고
쳐다보고 있으면
목뒤로 내리쬐던 빛이 뜨거워서
다 피 때문이라고
다, 피 때문이라고

방충망과 모기향

어딘가에 발견하지 못한 틈이 있다

아니라면
이렇게
반복될 리 없다

들어오고 나서
나가는 방법을 모른다는 게
다들 비슷했다

지금은 너무 늦었으니
향에 의지하기로 했다

제때 밥을 먹는 일을 무시하곤 했다
그래도 살아졌다 가끔 그대로 살아지면서

벽을 손바닥으로 내리치고
손뼉을 치고 공중을
노려보다가

대단치도 않았다
누군가는 간절히 바랐을 내일입니다
이런 말을 하면
누군가에게도, 나에게도 도움이 되지 않았다

제대로 기능하는 걸까
향은
의지 없이 움직이는 게 좋았다
가까이 두면 힘이 날 듯했다

갈라진 외벽을 가리키며
저건 위험할 거 같다고
가까이 가지 말라며
신고하던 움직임도 있었다

사고가 변명처럼 일어나던 때
선택과 집중이
모든 해답이 되는 게
이상하지 않으냐고 이상한 거라고

아무리 해도
내가 살아야 해서
줄 수도 빼앗을 수도
없는 한 시절의 몫

자고 일어나면
너무 늦지 않을 거고
틈도 발견하고 임시로 틈을 막고
다른 방법이 있을까 고민하겠지만

외식

죽 먹으러 갈래?

죽으러 갈래? 가 아니라서 실망했다며 웃는 네 몸에 외투를 입히려다 몇 달 전 네가 지고 있던 그림자가 떠올랐다 그때 그림자는 너보다 작았는데 이제는 네가 그림자를 삼켜버린 것 같았다

죽은 병원에서 나와 죽음 병원에서 나오듯

재미없어 나는 말하고 너는 웃고 웃는 네 얼굴이 깨끗하게 닦이지 않은 창문에 복제되는데 희미한 네 얼굴이라고 불러야 할지 희박한 네 얼굴이라고 불러야 할지 고민하다 보니 주문한 죽이 나왔다 죽은 희고 피는 붉고 기약과 약속은 불투명해서 유서처럼 만져지기만 했다

숟가락으로 아무리 저어도 흰죽은 계속 흰죽이야

네가 말하고 나는 몇 년 전 우리가 목적 없이 걸었던 흰 길을 기억해냈다 너도 그때를 떠올리는지 우리는 말 없이 죽을 먹다 서로의 얼굴을 보다 다시 죽을 먹다 웃다 웃어야 하는지 말아야 하는지 고민하는 표정을 짓다 다시 죽을 먹었다 네가 나보다 빨리 죽을 먹었다

눈이 길을 지우니까 우리도 뭐라도 지워보자고 했지 더는 우리를 남기지 말자고 그랬지

좋았어 너는 말하고 나는 몸이 있어서 죽을 먹을 수 있는지 죽을 수 있는지 아니면 우리가 죽을 다 먹고 병원으로 돌아가기 위해 몸이 필요한지 알고 싶었지만, 우리는 그렇게 오래 걷지는 못하고 우리가 갈 수 있을 만큼만 간 뒤 서로의 몸을 안아주고 돌아왔다

연극 이후

가족끼리 보면 좋다는 영화가 개봉했다길래 보러 갔던 영화 속편은 나오지 않을 그 영화가 떠올랐는데 조립 매뉴얼이 들어 있는 레고처럼 한 점으로 모이는 게 신기하고 텁텁했다 방금 본 연극은 살아 있는 사람들이 살아 있어서 좋았다 완결이 나도 다시 보고 싶은 작품은 이제 없지 않을까 했는데 그렇지 않았다 짐짝 같은 세계 씹으면 씹을수록 비린내가 올라오는 덩어리 비난도 힐난도 이제는 클리셰가 되어버리고 다들 사람 뜯어 먹기 위해 돌아다니는 좀비가 되어도 다음을 짊어지고 있다

발효되는 그리움

신년 운세는 연초에 많이 보더라
그렇게 말하는 빵을 만든 사람
제과를 배워서 많은 빵을 가져왔고 사라졌고
빵이 아니라 빵을 만든 사람이
빵을 만든 사람이 사라지는 건
팔 수 있는 빵을 만들 듯
정해놓은 순서가 필요한 일이 아니잖아
빵은 아직 남아 있고
아직 남아 있는데
계속 남아 있을 것 같고
거실은 부풀지 않고 식는데
공원에는 새해마다 치는 종이 있을 거야
거긴 가지 않으려고 사람이 너무 많이 몰려
카운트다운을 지금까지 할 줄 몰랐고
아마도 몇 번 더 반복하겠지
기대감을 심어 주는 일이
유독 지금은 더 쉽다
나는 시간을 세어 보기로 한다
카운트다운보다 몇 초 늦게
그건 깨를 터는 일과 비슷하고
마스크 팩에 남아 있는 점액을
얼굴에 처바르는 모양새와도 비슷하다
아무리 조심히 먹어도
소보루빵 부스러기가 자꾸 떨어져
팥빵은 누가 먹지
아껴 먹으려 남겨둔 건 소시지빵이고
바깥에서 터지는 소리가 들린다
어디까지 세었는지 곰곰이 생각해 보는데
빵을 만드는 사람도 구워지는 빵

앞에서 이렇게 했겠지
서쪽에서 귀인이 있고
물을 조심해야 한다는 운세처럼
예정된 미래가 있고
그게 고소하기까지 하면
새해 같은 건 견딜 수 있는 무엇이었겠지
어디까지 세었는지 잊어서
계속 다시 세어보곤 했다

그 모든 진실들

속삭이는 게
모두 비밀인 줄 알았던 때
발설한 게 너무 많아
더는 내게 비밀을 말해 줄
사람이 없다고 안심하다가도

아무한테도 말하지 말라고
너라면 믿을 수 있다고

내게 다시 비밀을
말해 주는 사람들이 자꾸 생겨났다
비밀을 들을수록 비겁해졌다

소금 보따리를 지고
물속으로 걸어갔던 당나귀는
상당히 더웠을 뿐이다
나는 추위보다 더위를 더 많이 타서
알고 있다

추위를 더 타는 사람들은
다른 방법이 있겠지
다른 방법으로
기어이 물 위를 건너갈 것이다

그 아이가 다른 아이를 때리고
다른 아이가 그 아이를
괴롭혔던 게 밝혀지고
죄의 경중을 따지고
도망과 방법을 재보고

법이 있어서 생겨난 죄와
법이 없어도 생겨난 죄

거울 앞에 서도
본연이라는 건 생기지 않고
기대하지도 말라는 듯
복사되고 있는 본인을 보고 있으면

이런 건 이제
그만하고 싶지 않느냐고
옳고 더 옳은 걸 찾는 일을
반복하고 싶지 않다고

보관해 뒀던 비밀을
다 폭로해 버리고 싶어졌다

만류하는 동안 일어나는 사건

나는 자주 잊어버렸습니다 이제는 멀리 떠나고 빙하가 녹고 있습니다 사막을 떠올리고 뛰어들고 싶었습니다 환상도 고지식해지고 하네스를 차고 공원에 나오는 개를 물끄러미 보기도 했던 시절이 희미해집니다

미용실에 앉아 있으면 미래가 보이곤 했습니다 미래만 봐도 배가 부르고 군내가 나는 바닥은 물컹해졌습니다 그래도 익숙해지니 참을 만해서 참고 있습니다 어떤 일이든 계속하고 있으면 그 일밖에 하지 못하거나 그 일을 하고 남은 자국이 구원이라고 생각하게 되지 않습니까

익숙한 혀를 가지게 되면 좋겠어요 세상에는 맛있는 게 많다지만, 더는 늘어나지 않고 먹던 음식만 먹어도 행복해지고 튼튼하고 건실한 모습이 되면 어쩌다가 실패해도 무너질 염려는 덜 하지 않을까 싶습니다 두려운 건 다음이 없는 게 아니라 여기 주저앉으면 걸어가던 모두가 날 쳐다볼지도 모른다는, 그래서 그냥 울어버렸던 어린 날을 되새기는 일이 힘들었고

아무리 남을 시기해도 나를 시기하는 사람이 늘어나지 않았습니다 질투와 선망이 뒤섞여 있는 건 잡지처럼 당연하고 세상이 성숙해질수록 분류와 정리가 능력으로 인정되곤 했는데 앞으로도 계속 주변에는 그런 이들이 많아질 게 분명했습니다 받아들이는 쪽이 이기게 되고 세상에는 더 적은 반역이 일어나다 끝내 아무런 반역도 일어나지 않을 듯합니다 허울이라도 개살구라도 유지가 되는 동안만 존재해 준다면 더 바랄 게 없다고 다들 안심하기 시작했습니다

영구작동

기억은 망나니라서 명령에 따라 처형을 집행했다 항상 극적인 순간은 준비되지 않은 채로 다가왔다 죽음을 명하는 사람이 천할까 죽음을 행하는 사람이 천할까 죽음이 천하지는 않았는데 강변에서 피는 벚꽃만 봐도 그랬다 여기 이렇게 많은 벚꽃이 피는지 모르는 사람이 많았다 수몰한 마을 확인되지 않은 소문 확인하지 않으면 목적을 잃고 떠돌다가 편해지곤 했다 반짝이는 건 가지고 있을수록 좋았는데 반짝이는 것들은 바래면 세척하는 일이 번거로웠다 더러워서 손도 대기 싫은 정말 깨끗해질 수 없다고 믿고 싶은 물건들이 정리할 때마다 튀어나왔다 기억이 손상되어도 금방 대체되었다 식빵에 버터를 바르듯이 자연스러운 일이었다 마트료시카 인형이 더 작아지고 더 이상 작아질 수 없을 때까지는 살아 있을 줄 알았는데 아무도 예상 같은 건 하지 못했으니까 난 죽은 사람만 보면 유일해지는 기분이 들었다 숲에 자주 들어가 있었고 귀한 줄 알았다 어느 날 숲은 모두 불타 버리고 내가 친 천막이 주저앉는 일이 자주 일어났다 기억을 만드는 거대한 기계를 가지고 달아나기 바빴다

평행으로 드러내는

오래 이어진다는 속삭임을 듣고 나니
꽤 답답해졌습니다
실제로 끝이 나지 않아도
미리 끝이 없다고 알려주다니

아무도 출발하기 전에는 알려주지 않았습니다
알게 되어도 출발을 했겠지만,

일어날 일은 일어나야 한다는 말도 있고
모 아니면 도라는 말도 제 행동에 기여했습니다

인생은
폰만 움직일 수 있는
거대한 체스판 같다는 생각이 들고

저는 영화관에서 알았습니다
불이 꺼지면 입을 다물고
스크린을 쳐다봐야 한다고

검은 별이 떨어지기도 하고
흰 별과 초록 별
먼지가 일으키는 폭발이나
원으로 향하는 구속성

요컨대 태어나기만 한다면
원 쪽으로 가고
원 가까이 뻗어서

다들 태어났다고 근원을 알고 싶다는 건

뿌리가 중요하고
썩지 않고 오래 살고 싶다는 건
누구 아이디어입니까?

녹는점이 가까워지고
겨울을 봉합하거나 손 모아 해를 가려주기도 했습니다

옅은 쪽
부르튼 섬광

기적을 빌미로 기적 아님을
증명하고 있습니다

생채기와 재채기

어느 날은 구름이었다 아무리 가지 위 눈송이처럼 돋아도 부드러워져서 희박해져서 숨만 쉬었다 숨이 모이면 목구멍도 틀어막을 수 있었다 많은 부분이 도려지는 기분으로 많은 사람과 근황 없는 근황을 주고받았다 둥그렇게 모여 앉아서 동그란 머리통을 흔들면서 그러면서 각자 내보인 이름은 익숙했는데, 들으면 들을수록 돌부리에 끼는 이끼처럼 무심해졌다 눈앞에 있는 사람의 멱살을 잡고 싶다가도 그건 너무 힘이 드는 일이라 눈앞에서 멀어진 뒤 소리만 질렀다 교복 안쪽에 커터칼을 숨기고 다니던 친구가 어떻게 되었는지는 잘 모르겠다 나무의 밑동을 오래 쳐다보면 그게 밑동인지 잊어버리고 자꾸 뒷목이 간지러워졌다 간지러워서 참을 수가 없어서 입가와 선인장같이 전혀 관련 없는 두 단어만 번갈아 떠올렸다 한때는 오래 입지 않은 코트의 주머니가 되고 싶었다 비싸게 줬는데 비싸게 줬는데 같은 말을 수시로 들으며 삭아가는 바람을 가졌다 삭아가다가도 사라지고 싶지 않으면 보풀은 될 수 있을까 아주 작지만 분명히 존재하는 기분으로라도 남고 싶었다 눈치채면 늦은 일이 많았다 친구가 어떻게 되었는지 들을 수 있었는데 듣지 않았다 팔꿈치를 만지면 만져지는 생채기나 팔꿈치 안쪽에 얼굴을 파묻으면 공포탄처럼 튀어나오던 재채기 늦은 일은 다 비슷했다 늦어서 비슷해진 건지 비슷해서 늦은 건지는 모르겠다 언젠가는 수영장이나 안감처럼 붙여놔도 뜻 없는 단어가 되고 싶었는데 어느 날에 구름이었듯 지금은

(닫는 문) 겨울 여수에서 내가 잊은 것

춥다, 진짜 춥다. 귀가 떨어져 나갈 거 같아. 발끝이 잘 안 움직여. 중얼거리면서도 난 계속 걸었다. 목적지도 없었다. 누가 내 등을 떠밀지도 않았다. 아무도 나를 싫어하지도 않았고, 나도 아무도 싫어하지 않았다. 세상은 날 버린 적도 없었고, 나도 세상을 버린 적도 없고 어딘가에서 자꾸 누군가가 다치거나 험한 일을 겪고 있다고 해도 그게 다 내 탓이 아니라는 걸 알고 있었다.

낚시는 회상과 닮아 있다. 이미 많은 시간이 지나 고인 물에 낚싯대를 던지듯 지나온 일을 들여다보면 뭔가 건져 올릴 수 있을 듯하다.

낚시의 손맛을 많이 느껴 보지는 못했지만, 한번 낚시를 해서 손맛을 보면 쉽게 잊기 힘들다는 말에는 동의한다. 그러나 다시 낚시를 할 정도는 아니지만, 종종 그때 쥐었던 낚싯대의 감촉이나 물고기가 물었을 때 손목에 가해지던 미묘한 힘은 떠오른다. 물론 이런 감각은 대부분 착각이다. 그때가 완벽하게 재현될 수 없다. 과거는 쌓여갈수록 오해가 된다. 내가 할 수 있는 일은 오해를 최대한 진실과 근접하게 만들면서 현재에 덧칠하는 일. 오해는 현재를 지탱하는데 도움이 되고, 현실도피처럼 느껴지기도 하는데 그렇다고 안 할 수는 없다. 안 할 수 없으니 최소한의 효율은 내고 싶다. 그런 의미에서 스물한 살에 내가 했던 내일로 여행, 그중 여수를 떠올리는 일은 아직도 나름 효율을 내기 좋다. 그때를 생각하고 있으면 지금의 나를 조금 더 이해하는 데(그렇게 착각하는 데) 도움이 된다.

처음으로 떠났던 내일로 여행은 혼자였다. 왜 혼자서 떠났는지 지금은 잘 기억나지 않지만, 별다른 이유는 없이 혼자 떠나고 싶었으니 혼자 떠났을 것이다. 누군가에게 같이 가자고 말하고 난 뒤 이리저리 계획을 세울 여유가 나에게 없었을 수도 있다.

떠나지 않으면 견딜 수 없어서 떠났던 적이 많았다. 뭐가 그렇게 견디기 힘든지, 무엇이 나를 괴롭게 하는지는 명확하지 않았다. 지금도 나를 괴롭게 하고, 힘들게 하는 게 무엇인지 불분명하다. 이런 상황에 대처하는 방법이 조금은 무던해지고 있다. 나는 자란 걸까. 잘 자란 걸까. 잘한 걸까. 잘하고 있는 걸까. 이렇게 말장난을 하고 있는 걸 보면 아직까지 그럭저럭 괜찮은 듯하다.

내일로 여행의 하이라이트는 여수였다. 버스커버스커의 '여수 밤바다'는 발매된 지 4년이 지난 당시에도 중독적인 멜로디와 서정적인 가사로 여전히 많은 사랑을 받고 있었다. 나도 그 노래를 좋아했다. 방문하지 못한 여수라는 공간은 언제든지 바다를 볼 수 있고 사람들은 여유와 낭만이 넘치는 공간이라는 환상을 선사하기에 충분했다.

실제로 여수는 내가 품은 환상을 몇 배로 충족시켜 주었다. 바다 근처에 있는 도시에서 나는 특유의 짠내와 옹기종기 모여 있는 집들. 아직 자신의 치기를 제대로 확인하지 못한 여행객들과 너무나 평화롭게 흘러가는 구름들. 대답 없이 저무는 빛. 웅크리되 멈추고 싶지 않게 만드는 추위. 택시를 탔을 때 기사님이 어디서 왔느냐고 묻는 말까지 좋았던 걸 보면 정말로 여수를 좋아한 게 분명하다. 이렇게 적은 이유 말고도 선명하게 적을 수 없었던 여러 자잘한 이유들이 모여 나는 여수에 오래 머무르고 싶었을 것이다. 언젠가는 여기에서 살아보고 싶다고, 남몰래 다짐도 했다.

묵기로 했던 게스트하우스에서는 조촐한 파티가 있었다. 파티는 밤늦게 시작한다고 해서 파티를 하기 전까지 적당히 걸어 보기로 했다. 근데, 걷다 보니 적당히 걸을 수 없었다. 두꺼운 울코트에 긴 목도리까지 둘둘 두르고 가도 여수의 찬바람은 몸 곳곳으로 파고들었다.

몸은 차가워지고 이제 그만 걸어도 되지 않냐고 독촉하는 발목과는 달리 걷는 행위를 멈출 수 없었다. 걸으면서 걸음을 잊었다. 걸음을 잊으면서도 걸어갈 수 있었다. 걸으면서 이상하게 울고 싶어졌고, 추우니까 눈물 대신 콧물이 나왔다. 코를 훌쩍거리면서 걷다 보니 대교 위였다. 돌산대교였는데 여수에 오기 전까지 존재도 몰랐던 대교 위를 내가 이렇게 한참을 걷고 있으니, 끝도 모르고 걷고 있으니 또 웃음이 나왔다. 터져 나오는 기침을 참지도 않고, 마구 쏟아냈다. 얼굴이 버석하게 얼어 붙었다. 어쨌거나 걸어야겠다는 생각만 들었다. 지금 돌아가지 않으면 너무 늦는데, 택시를 잡고 돌아가면 그만인데. 이런 충동 속에서도 계속 걸어야 한다는 충동이 더 강했던 것 같다.

그때 봤던 여수의 야경은 주변이 탁 트여 바다가 한 눈에 보이지도 않았고, 어선의 불빛들이 바다에 길을 만들어 감탄을 불러일으킨다거나 아무도 못 봤을 숨겨진 절경을 나만 보고 있다는 착각도 들게 만들지 않았다. 대교의 조형물에 가려져서 마치 오래되어 필름 자체가 손상된 영화를 보듯 야경의 장면들을 조각난 채로 목격했다. 분절되는 여수의 야경은 내게 앞으로의 인생에서 아무것도 기대하지 말라는 듯 말을 건네는 듯했다.

그때의 내게 그런 기대 없음이 필요했다. 힘을 북돋아 주는 긍정적인 말과 나를 다그치듯이 몰아세우는 말들이 필요했던 순간도 너무나 많았다. 그런데 그런 말을 들으면 심사가 꼬였는지 제대로 받아들였던 적이 극히 드물다. 어느 정도 시간이 지나고 나서 그때 그 사람이 내게 했던 말에는 어떤 악의도 없었으며 정말 내가 잘되기를 바라서 했던 말일 수도 있겠다고, 짐작만 해 볼 뿐이다.

여수에서 떠나온 지 오 년이 지났다. 난 여전히 무언가를 기대하며 살고, 기대한 것 보다 배로 실망을 하며 아주 나쁜 다짐 같은 것을 읊조리곤 한다. 어김없이 겨울이 되면 난 또 겨울 여수를 떠올리겠지. 지금도 떠올릴 수는 있다. 다만, 떠올리려고 하지 않으면 잊게 된다. 가끔은 그게 정말 웃기다. 내 인생에 꽤 많은 영향을 줬다고 생각했던 시간도 노력하지 않으면 금방 잊게 된다는 사실은 참으로 심각한 오류가 아닌가.

그리고 닫힌 문 사이로

꼿꼿하게 앉아 있다 스루르루그주루루 미끄러지기

문틀과 문 사이에는 틈이 있다. 완전히 결합되지 않아서 생긴 틈이다. 틈 사이로 빛이 들어온다. 틈은 불완전해서 생겼지만, 들어오는 빛은 완전과 불완전을 건너뛴 듯 하다.

사랑할 이유가 많아서 세상을 사랑하는 건 아니다. 세계를 사랑할 이유 하나가 있고, 그 하나를 놓치고 싶지 않아서 아직 이 세상을 사랑한다.

오월이다. 경산 시장에는 참외가 제법 많이 보인다. 몇 주 전에는 내가 참외를 못 깎는다는 사실을 새삼스럽게 알게 되었다. 껍질과 과육이 뭉텅이 채 떨어졌다. 이번 여름이 가기 전에는 참외의 껍질과 과육을 잘 분리하고 싶다.

카키색 면 반바지에 나이키 흰 양말과 검은색 로퍼를 신고 멀리 떠나고 싶다. 가 본 곳이어도 좋고, 가 보지 않은 곳이어도 좋다. 밑창이 닳는 것을 아까워하면서도 가고 싶은 곳에 가서 기대보다는 아쉽다고 생각하던 차에 뜻밖의 장면들을 목격하고 웃었으면 좋겠다.

내가 세상을 사랑한다고 해서 다른 사람도 세상을 사랑해야 하는 건 아니다. 미워하는 방식으로 세계를 구축하고 세상을 바라보는 사람이 있을 것이다. 나와 남을 해하지 않으려 세심하게 악의를 다루면서 어떻게든 다른 쪽으로 고개를 돌려보려는 사람들이 앉아 있는 자리를 본다.

제목에 거절이 아니라 악의를 넣을까 고민했다. 고민하다가 악의가 아닌 거절을 넣었으나 언젠가는 악의도 거절도 아닌 다른 무엇을 믿을 수도 있겠다고 싶었다. 믿음은 믿지 않는데서 시작하니까.

몸이 뻐근할 때는 깍지를 끼고 팔을 뻗는다. 손바닥을 천장을 향하게 둔다. 그럼 날개뼈 쪽 근육들이 이완되면서 손끝까지 찌릿하다. 개운한 느낌을 받으려면 조금 더 시간이 지나야 한다.

이곳을 떠난다고 해서 이곳에서 보냈던 시간이 사라지지는 않겠으나 사라지지 않는 시간으로는 돌아갈 수가 없어서 자꾸 사라질 시간을 기다리고 있다.

바깥 날씨를 가늠하면서 옷장에서 손에 잡히는 대로 주워 입고 밖으로 나섰던 때가 있다. 해가 있을 거라 생각이 들지 않는 새벽. 낮에 봤던 해를 떠올리면서 몇 시간 뒤에 찾아올 아침을 상상하며 걸었는데, 언젠가부터 그러지 않고 있다. 그 시간에는 잠을 잔다. 혹은 이렇게 글을 쓰거나.

방 안에는 동그란 조명이 있다. 선을 콘센트에 꽂고 전원 버튼을 눌러야 하는 번거로움에도 이 조명을 애용한다. 동그란 조명은 동그란 빛을 뿜는다. 이런 빛은 굴러가기 쉽다.

당신도 이 빛을 봤으면 좋겠다. 의도 없는 빛. 그래서 의도를 부여해야 하는 빛. 그러지 않으면 견딜 수 없는 어떤 새벽이 지나 견뎌도 되지 않는 아침을 미세한 불안 속에서 살아가야 한다고 해도.

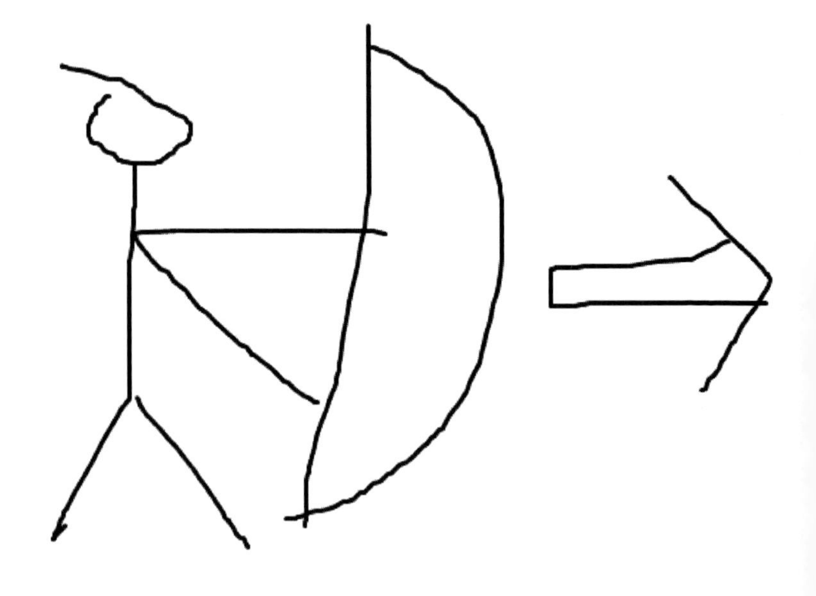

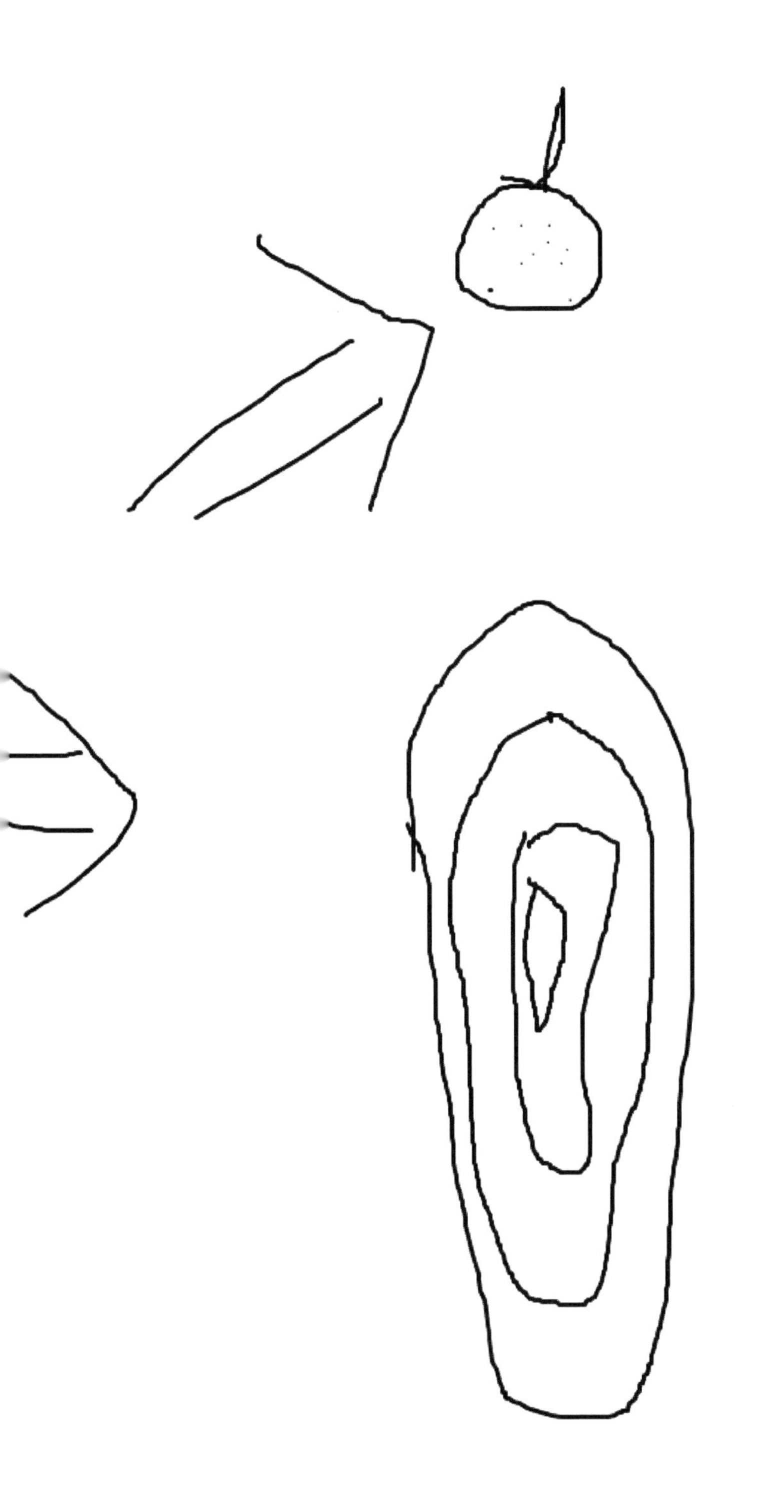

거절을 믿듯 선의 또한 믿으며

초판 1쇄 펴냄 2024년 6월 20일
초판 1쇄 인쇄 2024년 7월 1일

지은이 김학윤
펴낸이 김학윤, 윤재언
책임편집 윤재언
디자인 김학윤
펴낸 곳 리와인드
등록번호 251002022000004
연락처 010-6376-3008

ISBN 979-11-978295-2-9(03810)

리와인드 @rewind_publish
김학윤 @Kimhakyoooon
윤재언 @onion__yun